la revanche de lord Ravenscar

J'AI LU

Barbara Cartland est une romancière anglaise dont la réputation n'est plus à faire.

Près de trois cents romans variés et passionnants mêlent aventures et amours.

Les Éditions J'ai Lu *en ont déjà publié plus de cinquante que vous retrouverez dans le catalogue gratuit disponible chez tous les libraires.*

Désormais les Éditions J'ai Lu *publient également* Les romans préférés de Barbara Cartland, *un choix des livres qui ont enchanté sa jeunesse.*

BARBARA CARTLAND

la revanche de lord Ravenscar

traduit de l'anglais par Arlette Rosenblum

Éditions J'ai Lu

Ce roman a paru sous le titre original :

LORD RAVENSCAR'S REVENGE

NOTE DE L'AUTEUR

En janvier 1793, le roi George III (1) nommait son fils, le prince de Galles, général de brigade du Dixième Dragons Légers. Formé en 1715 et d'abord appelé Régiment du vicomte Colham, le Dixième Légers ne pouvait rivaliser sur le plan de l'ancienneté ou des traditions militaires avec le Deuxième Régiment de la Garde à pied – dont le duc d'York, frère du prince, était colonel en chef – mais il devint le régiment le plus élégant.

George Bryan Brummell (2), à qui avait été donné en 1794 un brevet de cornette (3), fut promu capitaine au bout de deux ans de service.

(1) George III (1738-1820), né à Londres. Sous son règne, les colonies anglaises d'Amérique obtinrent leur indépendance et devinrent les États-Unis; l'Angleterre soutint de longues luttes contre la Révolution française et Napoléon Ier. George III devint fou en 1810. (N.d.T.)

(2) G. B. Brummell (ou comme on l'orthographie souvent en France : Brummel) : dandy anglais surnommé le Roi de la Mode et le « Beau Brummell » (1778-1840). (N.d.T.)

(3) Cornette : jadis le 5e grade dans la cavalerie anglaise, donné à un officier qui portait l'enseigne du régiment. (N.d.T.)

A la suite de la révolution industrielle de 1794, le chômage qui sévissait dans le nord de l'Angleterre provoqua des émeutes parmi les ouvriers qui ne trouvaient pas de travail. L'armée fut chargée de réprimer les troubles et le Dixième Dragons Légers reçut l'ordre de se préparer à partir pour le nord.

Le lendemain matin, Beau Brummell fit irruption chez le prince de Galles (1).

– J'ai appris, Votre Altesse Royale, qu'on nous envoie à Manchester, dit-il. Vous savez certainement combien cela me serait désagréable.

Tandis que le prince méditait sur le mortel ennui de la vie de garnison en province, Brummell ajouta :

– De plus, Votre Altesse n'y sera pas ! Par conséquent, avec votre permission, je suis décidé à démissionner.

La flatterie atteignit son but.

– Mais certainement, Brummell, répliqua le prince. Faites comme vous voudrez, faites, faites !

(1) Né à Londres en 1762, George devint régent quand son père George III devint fou en 1810, puis roi à sa mort en 1820 sous le nom de George IV. Sous son règne intervinrent d'importantes réformes. (N.d.T.)

1

1807

Quand la voiture de louage s'arrêta devant la haute demeure de Curzon Street, Romara Shaldon vit avec soulagement que les fenêtres en étaient éclairées.

Elle avait craint d'arriver trop tard pour réussir à se faire ouvrir.

Une série de contretemps fâcheux avait retardé de plusieurs heures l'arrivée à Londres de sa diligence.

Après quoi, obtenir une voiture au relais du *Cygne à Deux Têtes,* à Islington s'était révélé une entreprise des plus difficiles.

Les cochers qui attendaient encore des clients ne tenaient pas à transporter cette femme seule dont la petite malle n'était visiblement pas un indice de fortune.

Après une éternité de tergiversations, Romara

était arrivée à se faire conduire devant la maison de sa sœur.

Elle était anxieuse, pour ne pas dire angoissée, depuis qu'elle avait reçu la lettre de Caryl qui la suppliait de venir tout de suite.

Pourtant cet affolement ne ressemblait pas à Caryl. Même son écriture avait l'air déformée par la nervosité. La lettre ne donnait aucune explication, elle se bornait à conjurer Romara de venir à Londres, et plus rien n'empêchait la jeune fille de répondre à cette invite.

Deux mois plus tôt, il n'en aurait pas été de même. Son père lui aurait ordonné de ne tenir aucun compte de ce que pouvait craindre Caryl. Il avait en effet déclaré que le nom de celle-ci ne devait plus être prononcé dans la maison.

Romara avait souvent pensé que l'opposition catégorique et intransigeante de leur père à l'engouement de Caryl pour sir Harvey Wychbold avait précipité sa jeune sœur dans les bras de ce dernier.

Les rendez-vous clandestins lorsque interdiction formelle en est faite ont quelque chose d'exaltant et Romara, qui n'avait jamais personnellement sympathisé avec sir Harvey comprenait l'attrait irrésistible que cet homme du monde sophistiqué, avait exercé sur sa sœur malgré leur grande différence d'âge.

Caryl était ravissante, mais elle ne connaissait rien à la vie. Elle n'était jamais sortie du petit village où elles habitaient dans le comté de Huntingdon et n'avait guère rencontré d'hommes en dehors du fils du châtelain du pays et des camarades qu'il ramenait avec lui d'Oxford à l'époque des vacances.

Pour n'être âgée que d'un an de plus, Romara avait cependant déjà voyagé.

Elle était allée faire un long séjour à Bath avec sa

grand-mère qui prenait les eaux pour soigner ses rhumatismes et, une autre année, avait habité avec elle à Harrogate.

Elle en retirait l'impression d'être, dans certains domaines, beaucoup plus âgée et plus avisée que Caryl. C'était pourtant celle-ci qui avait eu le courage de passer outre à l'interdiction de leur père et de s'enfuir avec sir Harvey Wychbold.

Le général Shaldon – sir Alexander Shaldon – avait toujours traité ses filles comme des « bleus » sous son commandement.

Jamais l'idée ne l'aurait effleuré qu'elles pussent désobéir aux ordres qu'il leur jetait d'une voix brève. Romara savait que lorsque Caryl était partie, laissant un billet pour expliquer sa conduite, son père avait d'abord été stupéfié par cette audace.

Puis il avait déclaré d'un ton ferme :

– Caryl n'existe plus. Tu ne communiqueras plus avec elle. Elle ne mettra plus jamais les pieds dans cette maison.

– Mais... papa, quoi qu'elle ait fait elle est toujours ta fille ! avait protesté Romara.

– J'ai une fille, une seulement, et c'est toi, avait répliqué le général.

Mais, à présent, leur père était mort des suites de blessures reçues au cours des diverses campagnes auxquelles il avait participé.

Si bien qu'en recevant la lettre de Caryl, Romara avait été heureuse de pouvoir répondre à ce qu'elle ne pouvait s'empêcher de considérer comme un appel à l'aide.

« Que s'est-il donc passé? » Cette question n'avait cessé de l'obséder pendant que la diligence roulait cahin-caha sur les routes poussiéreuses.

Comme d'habitude, le véhicule était surchargé de

voyageurs et de bagages et les chevaux avançaient lentement.

Caryl devait être mariée, désormais, et après tout ce qui avait dû être mis en œuvre pour que ce fût possible, comment croire que quelque chose avait mal tourné? Romara avait tenté de se persuader qu'elle se tourmentait sans raison.

Elle descendit de la voiture de louage, en songeant que dans quelques minutes elle apprendrait la vérité et découvrirait comment aider sa sœur.

Le cocher avait déjà quitté son siège pour aller soulever le marteau de la porte d'entrée. Il revint ensuite chercher la malle de Romara.

Pareille sollicitude ne pouvait être inspirée que par l'impression produite par la maison et qui laissait augurer un pourboire généreux.

Par chance, Romara avait assez d'argent pour le sacrifier ainsi et lorsque la porte fut ouverte par un domestique en livrée, elle remercia le cocher qui avait porté sa malle à l'intérieur en lui mettant quelques pièces dans la main.

Puis elle se retourna vers le laquais et s'aperçut qu'il la dévisageait avec une expression de surprise.

– Je suis miss Shaldon, annonça-t-elle, ce qui ne changea en rien l'expression de l'homme. C'est bien ici que demeure sir Harvey Wychbold?

– Oui, miss.

– Alors lady Wychbold m'attend. Voulez-vous l'avertir de mon arrivée?

Le laquais tourna la tête vers l'escalier comme s'il se demandait que faire.

A ce moment, Romara entendit une exclamation et Caryl surgit en courant dans le vestibule.

– Romara ! Romara ! Tu es venue ! Dieu soit loué !

Lançant ses bras autour du cou de sa sœur, elle la serra contre elle dans un geste convulsif et Romara comprit à ce signe que la situation était grave.

– Me voilà, chérie, dit-elle doucement. Je suis navrée d'arriver si tard, mais la diligence avançait à une allure de tortue.

Elle s'était efforcée de prendre un ton léger pour détendre l'atmosphère, mais Caryl la saisit par la main et l'entraîna de l'autre côté du vestibule vers une porte restée ouverte.

– Tu es là, c'est le principal et mieux vaut que tu arrives maintenant, finalement, parce que... Harvey est sorti.

Romara eut l'impression que la voix de sa sœur avait tremblé en prononçant le nom de son mari. Elles se trouvaient dans un petit salon joliment meublé et Caryl en claqua la porte derrière elles.

– Oh, Romara, tu es là ! J'avais si peur que tu ne viennes pas ! murmura-t-elle, les yeux pleins de larmes.

Romara enleva son manteau de voyage, le posa sur une chaise et commença à dénouer les brides de sa capote avant de demander :

– Que se passe-t-il? J'ai compris à ta lettre que tu étais inquiète.

– Inquiète? répéta Caryl dont les joues ruisselaient maintenant de larmes.

Romara mit sa capote et son sac à main sur son manteau, s'approcha de sa sœur et lui entoura les épaules.

– De quoi s'agit-il? demanda-t-elle. Je m'étais toujours imaginé que tu étais heureuse.

– Comment... pourrais-je... l'être?

– Pourquoi ne pas nous asseoir pour en parler? proposa Romara d'une voix calme. Et si possible j'aimerais bien boire quelque chose. Je n'ai pas faim mais je meurs de soif.

– Oui, bien sûr. Il y a du champagne ici. Cela te va?

– Du champagne? s'étonna Romara.

Caryl se dirigea vers une table qui se trouvait dans un angle de la pièce et sur laquelle une bouteille de champagne baignait dans un seau à glace.

Il y avait aussi une assiettée de sandwiches et, bien qu'elle eût dit ne pas avoir faim, Romara n'avait rien absorbé depuis longtemps.

Comme si Caryl avait lu ses pensées, elle expliqua :

– Les sandwiches sont là pour Harvey... mais je suis sûre qu'il ne s'en apercevra pas si... tu en prends un ou deux.

– Il ne s'en apercevra pas? répéta Romara, interloquée. Veux-tu dire que sir Harvey ne sait pas que je viens te rendre visite?

Caryl lui tendit une coupe de champagne et Romara, qui la dévisageait, s'aperçut alors à quel point sa sœur avait changé.

Elle était toujours jolie mais son visage était beaucoup plus maigre que lorsqu'elle avait quitté la maison et ses yeux étaient cernés comme ils ne l'avaient jamais été.

Armée d'un sandwich et de sa coupe de champagne, Romara se dirigea d'un pas ferme vers le sofa et s'assit.

– Je suis assez déconcertée, chérie, dit-elle de sa voix musicale. Tu devrais reprendre tout au début de manière à m'expliquer clairement pourquoi tu es malheureuse et pourquoi tu voulais que je vienne te rejoindre.

Elle but une gorgée de champagne, en se confortant dans l'idée que cela lui donnerait des forces pour supporter ce qu'elle allait apprendre.

Caryl la rejoignit sur le sofa. Elle portait un élégant négligé orné de flots de dentelle coûteuse, mais ses yeux ne rayonnaient plus avec le même éclat, les coins de sa bouche s'étaient affaissés et ses joues pâles étaient mouillées de larmes.

– Raconte-moi ce qui s'est passé, insista doucement Romara.

– Je... je vais avoir un enfant et... et je ne suis pas mariée.

Pendant un instant, Romara resta immobile, comme paralysée; puis elle posa la coupe sur la table à côté d'elle et s'écria :

– T'ai-je bien entendue, Caryl? Tu n'es pas mariée? Mais sir Harvey te demandait sans cesse de l'épouser !

– Oui, je sais, mais quand nous sommes arrivés à Londres et que j'ai été à lui il n'a cessé de trouver une succession de prétextes jusqu'à ce que je finisse par comprendre qu'il n'avait aucune intention de se marier avec moi.

– Je n'ai jamais rien entendu de pareil ! Comment a-t-il pu se conduire d'une façon aussi abjecte?

– Ce n'est pas tout, ajouta Caryl d'une petite voix tourmentée. Il n'est pas content que j'attende un enfant et je... je crois, qu'il commence à... se lasser de moi.

Romara prit sa sœur dans ses bras et l'étreignit.

– Je ne peux pas croire que ce soit vrai, ma chérie. Il faut qu'il t'épouse ! Il doit se marier avec toi ! Je vais lui parler.

– Il ne t'écoutera pas et je pense qu'il sera furieux que je t'aie demandé de venir. Il ne me laisse rencontrer aucun de ses amis et je ne vais jamais nulle part.

– Comment cela? Tu restes ici seule toute la journée?

– C'était différent au début, quand je me suis enfuie avec lui. Nous sommes allés voir des opéras à Covent Garden et à Sadler's Wells. Nous avons visité les jardins de Vauxhall. C'était vraiment fantastique ! Je ne me suis pas ennuyée une seule minute... Je... j'aimais Harvey aussi... ajouta-t-elle dans un sanglot.

– Je le sais, ma chérie. C'est pourquoi j'ai compris que tu te sois enfuie, même si cela devait provoquer la fureur de papa.

Caryl enfouit son visage dans ses mains.

– Comment ai-je pu faire quelque chose d'aussi stupide? Pourquoi ne vous ai-je pas écoutés, papa et toi?

Sa voix se brisa et, en proie à une crise de sanglots irrépressibles, elle se blottit contre l'épaule de Romara qui se demanda avec désespoir ce qu'elle devait faire.

Il était trop tard pour les regrets. Caryl aurait dû savoir que son père était, à tout le moins, bon juge en ce qui concernait les caractères.

Il n'avait eu qu'antipathie et mépris pour sir Harvey Wychbold et cela, dès que Caryl avait fait sa connaissance, lors d'une chasse à courre.

Sir Harvey séjournait dans le voisinage et n'avait eu de cesse que son hôte le présentât à Caryl. Après quoi, il l'avait inlassablement poursuivie de ses assiduités, lui envoyant des billets et des fleurs, venant la voir chaque jour, jusqu'au jour où le général lui avait interdit la maison. Il avait alors enjôlé Caryl, la persuadant de le retrouver en secret.

Pour une jeune fille qui n'avait jamais été autant fêtée, c'était un éblouissement de se voir ainsi faire la cour par un homme expert dans l'art de séduire. Romara l'avait fort bien compris mais elle n'en restait pas moins stupéfaite que sir Harvey, homme de bonne naissance, revenant sur sa promesse d'épouser Caryl, l'eût réduite à un tel état.

Leur père était mort et le devoir lui incombait désormais d'essayer de ramener sir Harvey au sens de ses responsabilités. A cette idée, le cœur lui manqua.

– Ne pleure plus, chérie, dit-elle pourtant à Caryl. Quand sir Harvey reviendra-t-il, à ton avis?

– Je... je n'en ai pas la moindre idée. Quelquefois, il reste absent jusqu'à l'aube et... je pense qu'il est avec une femme qui lui plaît... plus que moi.

Cet aveu déclencha un nouvel orage de larmes et Romara ne trouva rien d'autre à faire que de serrer sa sœur contre elle en regrettant plus vivement que jamais la mort de leur père.

– Je ne savais que faire, dit Caryl quand elle parvint à parler de nouveau de façon cohérente, en dehors de te demander de m'aider. J'aurais peut-être dû rentrer chez nous... mais je-je n'ai pas d'argent.

– Pas d'argent ! s'écria Romara.

– Harvey ne m'en donne jamais et il ne me permet pas de sortir faire des achats sans lui.

Romara songea que sa sœur était en quelque sorte retenue prisonnière, en échange de quoi, elle vivait manifestement dans un cadre luxueux.

Si Caryl revenait à la maison, il serait très pénible d'expliquer aux gens du village et du voisinage qu'elle était enceinte sans être mariée.

Romara tenait de son père et elle jura d'obliger sir

Harvey à remplir ses obligations, tout en se demandant comment elle s'y prendrait.

A quels parents Caryl aurait-elle pu s'adresser pour obtenir un appui?

Leur grand-mère était morte et le général était son fils unique; quant à la famille de leur mère, tous ses membres vivaient dans le Northumberland.

– Dans combien de temps ton bébé va-t-il naître?

– Dans... dans deux mois environ, je pense.

Romara eut l'air surprise et Caryl expliqua :

– Cela ne se voit pas beaucoup et Harvey m'a acheté des robes dont la forme masque la silhouette.

Voilà pourquoi elle n'avait pas remarqué dès son arrivée le changement intervenu chez sa sœur. Le négligé était ample et flottait autour d'elle.

En examinant plus attentivement sa sœur, Romara vit que Caryl n'était plus aussi svelte et souple qu'au moment où elle s'était enfuie de la maison. Ce détail n'échapperait pas au regard de gens avisés ou curieux.

– Je me fais du souci pour le bébé, reprit Caryl dans un murmure. Harvey ne m'a pas permis d'acheter un seul vêtement pour lui, pas même un châle. Je ne cesse de me demander s'il me laissera l'avoir dans cette maison puisque l'idée seule lui déplaît déjà.

– Et où donc compte-t-il que tu le mettes au monde?

– J-je ne sais pas. Il n'aime pas les enfants.

Elle fondit de nouveau en larmes et Romara se dit avec désespoir que la situation de sa sœur semblait s'aggraver de minute en minute.

– Ne pleure plus, Caryl chérie, supplia-t-elle.

– J-j'aimais Harvey et maintenant qu-qu'il a cessé de m'aimer, je ne sais que faire.

Personne ne devrait pouvoir aimer un monstre pareil, songea Romara, mais elle eut la sagesse de ne pas formuler son opinion à haute voix. Elle se borna à prendre son mouchoir pour essuyer les joues de Caryl et la pressa de boire un peu de champagne.

– Je déteste le champagne ! s'exclama Caryl avec irritation. Quand je suis arrivée ici avec Harvey, j'en ai bu beaucoup parce qu'il le voulait mais maintenant cela me donne mal au cœur.

– Alors je sonne pour demander du café? Ou du lait chaud? Rappelle-toi, on nous en donnait toujours à boire quand nous étions bouleversées.

– Non, non ! protesta Caryl. Les domestiques trouveront cela bizarre. Je ne veux pas qu'ils se doutent de mon état.

– Voyons, ils doivent bien avoir deviné? s'insurgea Romara.

– Seule ma cameriste est au courant. C'est une femme charmante et je crois qu'elle m'est attachée.

La cameriste n'avait sûrement pas gardé secret un événement aussi sensationnel, jugea Romara qui avait quelque expérience des domestiques.

Toutefois, voyant que Caryl avait peur de tout et de tout le monde, elle comprit que le moment était mal choisi pour essayer d'insuffler un peu d'assurance à la jeune fille, laquelle avait toujours été très facilement influençable, ne faisant guère preuve de volonté personnelle.

La décision de s'enfuir malgré son père n'était sans doute pas venue d'elle. Elle n'avait tout simplement pas réussi à résister aux cajoleries par lesquelles sir Harvey l'avait amenée à agir comme il le désirait.

Que vais-je faire? Que suis-je en mesure de faire? se demanda Romara.

Elle n'avait pas souvent rencontré sir Harvey car, après que le général lui eut interdit sa maison, Caryl était allée seule à leurs rendez-vous clandestins.

Elle se le rappelait comme un bel homme au teint plutôt haut en couleur, vêtu d'une façon très recherchée. Elle se souvenait aussi de ses yeux et de leur expression hardie qui la mettait mal à l'aise.

Leur père n'avait pas précisé pourquoi sir Harvey lui déplaisait assez pour qu'il lui interdît de courtiser Caryl mais, en lisant la lettre laissée par la fuyarde, il s'était exclamé avec le plus complet mépris :

« Ce libertin ! Ce débauché ! »

Puis il avait jeté la lettre et déclaré que Caryl n'était plus sa fille.

Il avait sans doute eu connaissance des travers de sir Harvey pour avoir adopté une telle attitude et Romara ne pouvait plus que reconnaître qu'il avait eu raison.

Caryl avait l'air épuisée par sa crise de larmes et Romara prit l'initiative de se lever.

– Il est très tard, chérie, dit-elle, et puisque tu ne sais pas à quelle heure sir Harvey va rentrer, je propose que nous allions nous coucher. Nous lui annoncerons mon arrivée demain matin.

– Je te préviens, Romara, il... i-il sera fâché. Il sera très fâché !

– Je n'ai pas peur, répliqua Romara d'un ton ferme.

Mais ce n'était pas tout à fait vrai.

Elle tendit la main pour aider sa sœur à se lever et, à ce moment, des voix résonnèrent dans le vestibule. Caryl poussa un petit cri de terreur.

– C'est Harvey, chuchota-t-elle d'une voix presque inaudible. Il... il est rentré !

– Eh bien, voilà qui facilite les choses, déclara

Romara avec calme. Je vais le voir tout de suite et lui expliquer pourquoi je suis ici.

Elle ressentit une légère crispation intérieure. Ce n'était pas exactement de la peur mais plutôt une sensation de malaise car elle prévoyait à quel point l'entrevue allait être pénible et déplaisante.

La porte du salon s'ouvrit brutalement et sir Harvey s'y encadra, impeccable dans sa tenue de soirée, le visage cramoisi émergeant d'une haute cravate, les yeux brillant de colère.

Il resta immobile un instant dans une attitude théâtrale, tout en dévisageant les deux jeunes femmes qui étaient debout côte à côte.

Caryl émit un petit cri puéril et dit d'une voix chevrotante :

– T-te voilà de retour, Harvey !

– Apparemment ! rétorqua-t-il d'un ton sec, avant de s'adresser à Romara. Que diable faites-vous ici, vous?

– Je suis venue voir ma sœur, répliqua posément la jeune fille. Étant donné les circonstances, cela n'a rien de très surprenant.

– Quelles circonstances?

Sir Harvey n'était pas ivre mais il avait trop bu et, visiblement, l'alcool ne se contentait pas d'enflammer son visage, il attisait aussi sa colère.

Il s'approcha mais, en arrivant à la hauteur des deux sœurs, il s'adressa à Caryl :

– Je t'ai répété cent fois de ne parler à personne sans ma permission et, en tout cas de ne pas informer les gens de ton état dégoûtant.

– Oh, Harvey... ce n'est pas ma faute !

– La faute à qui, alors? Quand apprendras-tu à tenir ta langue, petite imbécile geignarde !

Il avait levé la main et giflé Caryl avec une telle

violence que la jeune fille fut rejetée en arrière sur le sofa d'où elle venait de se lever.

– Comment osez-vous ! s'exclama Romara, détournant sur elle l'attention de sir Harvey. Comment osez-vous frapper ma sœur?

– Je fais ce qui me plaît, rétorqua-t-il. Et je vois mal qui s'y opposerait !

– Moi ! Et j'ai l'intention de vous obliger à épouser Caryl comme vous l'avez promis.

– Comment vous y prendrez-vous? s'enquit sir Harvey sur un ton menaçant.

– A moins que vous ne l'épousiez, je veillerai à ce que votre conduite soit connue de vos amis et de toutes les notabilités de Londres. Et s'il le faut, je présenterai une pétition à la reine au nom de Caryl.

Romara parlait avec véhémence mais d'une façon parfaitement distincte. Elle était blême et ses yeux flamboyaient de colère mais elle se tenait très droite et sa voix résonnait comme un appel de clairon.

– Parce que tu t'imagines, espèce de petite mégère, que tu pourras intervenir dans ma vie? tonna sir Harvey. Si tu dis un seul mot contre moi en public, je te tuerai !... Tu m'entends? Je te tuerai !

Il balança son bras en avant et son poing serré atteignit Romara en pleine figure.

La jeune fille chancela, tomba à genoux et Caryl se mit à hurler. Exaspéré par les cris, sir Harvey perdit tout contrôle.

Il empoigna Romara, la releva, la frappa de nouveau, l'attrapa par un bras et la tira à travers la pièce.

En arrivant près de la porte, il aperçut le chapeau, le manteau et le sac de la visiteuse et les ramassa de sa main libre.

Puis, entraînant Romara étourdie, à demi

aveuglée et qui trébuchait à chaque pas, il se dirigea vers la porte d'entrée.

Il y avait là un valet en faction qui regardait son maître avec horreur.

– Ouvre cette porte, Thomas ! ordonna sir Harvey.

Le domestique se hâta d'obéir. Une fois la porte ouverte, sir Harvey projeta de toutes ses forces Romara au-dehors. La jeune fille tomba en travers des marches et roula jusque sur le trottoir où elle s'immobilisa, inanimée.

Sir Harvey lui jeta ses affaires et vit avec satisfaction le sac la heurter à la tête.

– Voilà une leçon que tu n'oublieras pas de sitôt ! cria-t-il, avant de rentrer à l'intérieur en claquant la porte.

Le valet verrouilla et assujettit celle-ci avec la bâcle.

Romara gisait, inconsciente, depuis quelques minutes, quand des hommes élégamment vêtus descendirent avec une certaine prudence le perron de la maison voisine. Deux d'entre eux avaient visiblement du mal à conserver leur équilibre.

– Par où commenchons-nous à chercher? questionna l'un de ces messieurs.

– Qu'esche que vous propochez? répliqua un autre, qui éprouvait, autant que son compère, quelque difficulté d'élocution.

– Faut nous dépêcher, dit un troisième. Ça gâterait tout si T-trent changeait d'avis.

– Il a ch-churé qu'il le f-ferait, proclama quelqu'un. Et T-trent est homme de parole ! Vous l' dis... l'est homme de parole !

– Eh bien, allons-y ! Qu'attendons-nous?

Celui qui venait de parler respira à fond pour se

donner des forces et s'engagea dans Curzon Street. Il aperçut alors Romara qui gisait à ses pieds.

– Qu'esche que nous avons là? s'écria-t-il.

– Une f-femme, apparemment, répliqua gaiement un de ses amis.

– 'Videmment que ch'est une femme, idiot ! Mais pourquoi est-elle couchée là?

– P't-être qu'elle est éméchée, suggéra un autre.

– Chembe qu'elle ch'est bagarrée. Elle a le visage en chang.

– Quel épouvantail ! s'exclama le premier, après avoir regardé de plus près. Mon Dieu ! Mais ch'est exactement che que nous cherchons !

– Quoi... elle?

– Regardez-la. Avez-vous jamais vu rien de plus laid?

Une acclamation jaillit du groupe des hommes.

– La femme la plus laide de Londres, il a dit, et nous l'avons trouvée !

– Nous allons la lui ramener. Ramassez-la.

Ce n'est pas sans peine que les beaux messieurs relevèrent Romara, car ils étaient eux-mêmes tout juste capables de se tenir debout, mais ils réussirent à la soulever de terre.

Elle avait ouvert un œil et semblait avoir repris connaissance quand, après avoir remonté avec elle le perron de la maison qu'ils venaient de quitter, ils entrèrent dans le vestibule.

– Ech-que T-trent est là où nous l'avons laissé? demanda l'un d'eux.

– Ch' penche, oui. Allons-y.

Et soutenant de leurs bras le buste de Romara dont les pieds traînaient sur le tapis, ils s'engagèrent dans le large couloir qui conduisait à la salle à manger.

Un jeune homme était assis au bout de la table, la tête appuyée sur une main, un verre de cognac dans l'autre.

A côté de lui, un homme à l'air niais et complètement « gris » remplissait son verre chaque fois qu'il le vidait. Il mit quelque temps à comprendre que ses amis, qui venaient à peine de quitter la table, étaient déjà de retour.

– Qu'est-ce que vous avez là? demanda-t-il enfin.

– La femme que nous cherchions, répliqua l'un de ceux qui aidaient Romara à se tenir debout. Nous n'avons pas eu à aller loin, heureusement, Dieu ou peut-être bien un de ces anges dont tu nous rebats les oreilles, Josué, l'avait d-déposée sur le seuil !

– Des anges? Quels anges? interrogea Josué d'une voix distraite.

– Oh, dégrisez-le, quelqu'un ! ordonna le gentleman qui soutenait Romara.

– Si vous voulez mon avis, il est trop parti pour se rappeler l'office, lança quelqu'un.

– Je suis capable de réciter n'importe quel offiche, protesta Josué d'un ton offensé. L'offiche que vous v-voulez. Je suis pachteur ! Qui a dit que che n'étais pas pachteur?

– D'accord, vieux, nous savons que tu es pasteur, dit son premier interlocuteur. C'est l'office de mariage qu'il nous faut. Te rappelles-tu les formules?

– Chûr que je me rappelle les formules ! Qui ch'est qui dit que ch' me rappelle pas?

– Personne, personne, répliquèrent-ils en chœur. Alors vas-y ! Dis à Trent que sa fiancée est là.

En entendant son nom, l'homme assis au bout de la table leva la tête.

– Que se passe-t-il? De quoi parlez-vous tous?

– Nous avons trouvé ce que tu voulais, Trent. La plus vilaine femme de Londres ! Vas-tu l'épouser comme tu l'as dit? Ou reviens-tu sur ta parole?

– Trent est un homme de parole ! cria une voix aiguë. Ch'est che que ch'ai dit... et che le redirai... Trent est un homme de parole !

– Je ne reviens sur rien, répliqua Trent. Je vais montrer à cette maudite femme que je ne suis pas quelqu'un dont on s'amuse et que je serai marié avant elle ! Je l'ai dit et je vais le faire !

– Alors tu peux te marier tout de suite. Nous avons ta fiancée. Regarde-la bien. Tu ne trouveras nulle part une femme aussi laide !

– Plus elle sera laide, mieux ce sera ! s'exclama Trent dont la voix grondait de colère.

– Allons, Josué ! cria quelqu'un. Il faut que tu te lèves. Nous allons te donner un siège pour te soutenir.

Ils firent tourner l'un des sièges à haut dossier et deux d'entre eux y accotèrent Josué.

– Veux-tu un livre de prières?

– Je chais che qu'il faut dire, rétorqua Josué avec une dignité d'ivrogne. Quel est le nom de la fiancée?

Après un moment de consternation, ils virent qu'un de leurs compagnons portait le manteau, la capote et le sac de Romara qu'il avait ramassés sur le trottoir. Quelqu'un ouvrit le sac et le renversa sur la table où son contenu s'éparpilla.

Il y avait trois pièces d'or (des souverains) et de la menue monnaie, un mouchoir, une clef et une lettre.

L'un des jeunes gens prit l'enveloppe et l'examina de ses yeux obscurcis par l'alcool.

– Qu'eche qu'il y a dechus?

– E-elle est adressée à... miss Romara Shaldon ! déchiffra-t-il péniblement.

– Alors c'est son nom ! s'exclama son ami. Elle n'aurait pas ch-ur elle une lettre adrèchée à quelqu'un d'autre, cela tombe sous le chens !

– Romara... Jamais entendu un nom comme ça...

– Aucune importance ! Josué, tu écoutes? Josué... le nom de la fiancée est Romara.

– Ro-ma-ra, répéta Josué avec lenteur.

– Laissez-le tranquille, il s'en tirera très bien, dit quelqu'un d'autre. Amenez Trent près de la fiancée.

Non sans peine, ils les placèrent debout côte à côte.

Le coup de poing de sir Harvey avait fermé l'un des yeux de Romara. L'autre regardait fixement dans le vide.

Le sang coulait du nez de la jeune fille jusqu'à son menton et, sur un côté de sa bouche une large entaille saignait aussi. La chevalière de sir Harvey avait fendu sa joue, lui balafrant le visage. Ses cheveux détachés lui tombaient dans le cou.

Elle avait l'air grotesque et cependant, à voir l'expression de ceux qui la regardaient, elle représentait exactement ce qu'ils avaient recherché.

Avec lenteur et une exactitude surprenante étant donné son état d'ébriété, Josué commença l'office de mariage...

Lord Ravenscar remua et gémit.

Son valet, qui remettait de l'ordre dans la chambre, s'approcha.

– Y a-t-il quelque chose que je puisse vous apporter, m'lord?

– Évidemment, idiot ! Du café et une vessie de glace pour ma tête.

– La voici, m'lord.

Le valet se dirigea vers la table de toilette et revint

avec une vessie de glace qu'il installa avec précaution sur le front de son maître.

Puis il prit la cafetière d'argent posée sur une table de chevet près du lit et remplit une grande tasse de café noir.

– Vous soulèverai-je la tête, m'lord? demanda-t-il.

Lord Ravenscar gémit de nouveau.

– Je m'en charge, dit-il en se redressant.

Sa tête le faisait abominablement souffrir mais si peu que la glace fût restée sur son front, elle l'avait déjà soulagé.

Il but son café d'une traite, se recoucha et se recoiffa de la vessie de glace.

– Hignet, j'ai l'impression que j'étais un peu « paf » hier soir, déclara-t-il après quelques instants.

– Pas « un peu », m'lord. Je ne vous avais jamais vu dans un tel état !

– Ce doit être le cognac. Il était bon, il était excellent, ce cognac... mais j'en ai trop bu.

– Beaucoup trop, m'lord, acquiesça Hignet.

Lord Ravenscar resta silencieux et Hignet s'affaira à disposer sur une chaise les vêtements de son maître, plaçant à côté une paire de bottes à la Souvaroff.

Elles reluisaient, ces bottes, et Hignet savait que leur éclat suscitait l'envie de tous les autres « Beaux » de la coterie de St.James.

En fait, bon nombre des amis de lord Ravenscar avaient essayé de soudoyer Hignet pour lui faire livrer le secret de la pâte à reluire qu'il avait inventée, mais il était loyal et très fier également du gentilhomme qu'il servait.

– Hignet !

Lord Ravenscar l'appelait de son lit.

Le valet de chambre s'approcha.

– Oui, m'lord?
– J'ai l'impression qu'il s'est passé quelque chose, hier soir.
– Effectivement, m'lord.
– Qu'est-ce que c'était?
– Votre Seigneurie n'en a aucune idée?
– Si j'en avais une, je ne vous questionnerais pas.
– Non, m'lord.
– Je suis prêt à entendre le pire.
– Vous... vous vous êtes marié, m'lord !
Pendant un instant, lord Ravenscar ne bougea pas plus qu'une momie, puis il murmura :
– J'avais bien l'impression que c'était ça.
Tout lui revenait à présent en mémoire, depuis l'instant où Atalie l'avait accueilli dans un salon de la demeure de son père, à Berkeley Square.
Il avait reçu sa lettre tôt et avait attendu avec une impatience fébrile 5 heures de l'après-midi, heure où elle lui demandait de lui rendre visite.
Il se rappelait avec quelle hâte joyeuse il avait gravi l'escalier qui menait au salon, au premier étage. La jeune fille était seule, plus jolie que jamais.
Atalie Bray avait conquis du jour au lendemain Londres et le cœur des gentilshommes qui se targuaient de la sûreté de leur goût.
Même en tenant compte des critères établis par d'aussi belles femmes que la duchesse de Devonshire, lady Jersey et la comtesse de Bessborough, la beauté d'Atalie était sensationnelle.
Elle donnait l'impression que les autres femmes étaient des roses prêtes à s'effeuiller, face à cette orchidée blanche tellement exquise, tellement exceptionnelle que même des hommes aussi cyniques et blasés que lord Ravenscar en étaient éblouis.

En vérité, ce dernier était tombé amoureux pour la première et ce qu'il pensait être la dernière fois de sa vie.

Jamais encore il n'avait parlé de mariage à personne, malgré de nombreuses affaires de cœur – qui n'avaient rien de surprenant étant donné sa fortune et sa belle mine. Il était donc sûr et certain qu'Atalie apprécierait à sa juste valeur sa demande en mariage.

Elle lui avait clairement témoigné que son affection était payée de retour tout en lui demandant d'attendre un peu qu'ils aient eu le temps de mieux se connaître.

Ensorcelé par sa beauté, il était prêt à souscrire à tout ce qu'elle désirait pourvu qu'elle devînt finalement sa femme.

Il n'avait pas supposé une seconde qu'elle pourrait être moins enchantée que lui à l'idée de devenir son épouse.

En dehors de sa surprenante beauté, il n'y avait pas grand-chose pour plaider en faveur d'Atalie Bray.

Son père n'était un aristocrate dans aucun sens du terme, bien qu'il fût gentilhomme de bonne race.

Atalie n'avait été acclamée par le *Beau Monde* et acceptée dans la coterie qui entourait le prince de Galles à Carlton House que grâce à son physique.

Lord Ravenscar savait que lorsqu'Atalie serait devenue sa femme, les portes de la haute société seraient à jamais ouvertes pour elle et qu'elle s'attirerait l'envie de toutes les autres jeunes filles à marier ainsi que de leurs mères ambitieuses.

Certain d'obtenir ce qu'il souhaitait et pensant son bonheur assuré pour toujours, lord Ravenscar crut, en recevant la convocation d'Atalie, que celle-ci s'était enfin résolue à annoncer leurs fiançailles à leurs amis et à les publier dans *La Gazette.*

En pénétrant dans le salon, lord Ravenscar brûlait du désir de l'embrasser à lui faire perdre le souffle et s'apprêtait à la supplier à nouveau de se marier avec lui dès que possible.

Cependant, quand il fut près d'elle, au moment où il allait la prendre dans ses bras, Atalie leva l'une de ses mains fines pour l'arrêter.

– Une minute, Trent. J'ai quelque chose à vous annoncer.

– Aucune importance. Laissez-moi vous embrasser d'abord. Nous bavarderons ensuite.

– Non, c'est quelque chose que vous devez savoir.

La curiosité de lord Ravenscar n'en fut pas éveillée mais, pour plaire à la jeune femme, il suspendit son geste, un sourire aux lèvres, la dévorant de ses yeux noirs en songeant qu'aucune femme ne pouvait être plus exquise.

Il avait déjà songé aux bijoux qu'il lui offrirait quand elle serait son épouse.

Des diamants qui scintilleraient comme ses yeux, des perles pour mettre en valeur sa peau translucide, des rubis pour symboliser le feu qui s'allumait en lui chaque fois qu'il la touchait.

Et enfin des émeraudes parce que son regard avait le même insondable éclat...

– Eh bien, dites, dites vite ! pressa-t-il comme Atalie demeurait silencieuse.

– Je crains que cela ne vous peine un peu, Trent, déclara-t-elle froidement, mais hier, j'ai agréé Hugo Chester !

Il connaissait le marquis de Chester – jeune homme aimable mais assez sot qui était depuis peu membre du White's Club.

– Je veux dire que je vais l'épouser, précisa Atalie.

Lord Ravenscar la dévisagea avec stupeur saisi de l'impression que ses oreilles lui jouaient un tour.

Il était impossible, rigoureusement impossible, qu'Atalie – son Atalie – eût proféré une absurdité pareille.

Peut-être saisie de compassion pour ce qu'il éprouvait, elle ajouta plus aimablement :

– Je suis navrée, Trent. J'ai de l'affection pour vous et je pense que nous nous serions très bien entendus, mais Hugo deviendra duc un jour et j'ai une envie folle d'être duchesse.

La tuer. L'idée que ce serait facile, très facile, traversa l'esprit de lord Ravenscar mais, sans un mot, il tourna les talons et redescendit lentement les marches qu'il venait de monter avec tant d'empressement.

Prenant son chapeau et sa canne que lui tendait un domestique, il sortit et s'éloigna à pied de Berkeley Square.

Il ne se rappelait plus où il était allé.

Il se souvenait seulement être finalement rentré chez lui, pour découvrir qu'il avait oublié avoir invité plusieurs de ses amis à dîner.

Ils l'avaient attendu et ouvrirent de grands yeux quand il entra dans la pièce sans avoir changé de tenue. Son expression fit mourir sur leurs lèvres tous reproches et questions.

C'est à ce moment-là, songea lord Ravenscar, qu'il s'était mis à boire.

Et tout en buvant, il avait écouté les propos de commisération de ses amis et en avait éprouvé une fureur grandissante.

Les Ravenscar étaient connus pour leur tempérament coléreux et il avait souvent pensé que son père avait fait preuve d'un humour caustique en lui donnant ce prénom qui signifiait « vif ».

« Vif de nom et vif de nature, c'est bien vous, master Trent », lui avait dit cent fois sa nourrice quand il se mettait en colère.

Ces crises se déclenchaient facilement mais elles s'apaisaient aussi vite. Cette fois pourtant, la colère de lord Ravenscar avait duré assez longtemps pour le pousser à se conduire comme un imbécile.

Il se rappelait avoir avalé verre sur verre pendant tout le dîner sans arriver à absorber une seule bouchée des plats préparés par son cuisinier.

Puis quelqu'un – ce devait être Anthony Garson – lui avait demandé ce qu'il allait faire.

– J'y ai réfléchi, avait-il répliqué lentement d'une voix qui vibrait de colère.

– Et alors? avait interrogé le chœur de ses invités.

– Je vais montrer à Atalie Bray qu'elle n'est pas la seule à pouvoir se marier.

– Qu'entends-tu par là? avait demandé Anthony Garson.

Lord Ravenscar se rappelait avoir choisi ses mots avec beaucoup de soin pour répondre :

– Je serai marié avant elle et avant même que ses fiançailles soient annoncées !

– Pour que tout le monde pense que c'est toi qui l'as plaquée? avait conclu son ami Anthony avec une perspicacité étonnante étant donné les circonstances.

– Exactement. Et j'épouserai, je le jure, la femme la plus laide que je trouverai.

Cette déclaration avait été saluée par des acclamations propres à ébranler les murs de la salle à manger.

Lord Ravenscar avait levé son verre.

– A mon épouse ! A la femme la plus laide de Londres que j'ai préférée à la plus belle !

Si embrumé par l'alcool que fût son cerveau, il n'en avait pas moins songé avec satisfaction que sa vengeance ferait les délices des caricaturistes et des échotiers toujours trop contents de dauber sur quelqu'un appartenant au *Bon Ton*.

L'écho blesserait Atalie comme elle-même l'avait blessé, ce qui était le but recherché.

Le vicomte Garson s'était empressé de convertir ses paroles en acte.

– Tu as raison, Trent, avait-il acquiescé. C'est bien ce que tu dois faire. Tu dois montrer à Atalie qu'on ne peut pas plaquer quelqu'un comme toi simplement pour avoir un titre nobiliaire.

Il avait jeté un coup d'œil circulaire sur les convives au visage congestionné et avait ajouté :

– Qu'est-ce que nous attendons? Allons chercher la femme la plus laide de Londres pour que Trent l'épouse ici tout de suite avant que les gens apprennent les fiançailles d'Atalie avec Chester.

– Mais oui ! s'étaient exclamés plusieurs des assistants.

– Josué les mariera, avait repris le vicomte en désignant l'Honorable Josué Meeding, l'un des plus fidèles admirateurs de lord Ravenscar.

On le rencontrait dans toutes les réunions mondaines quand il ne se trouvait pas au White's Club, mais il avait été ordonné et il était réellement pasteur.

Fils cadet de lord Meed, il avait été destiné à l'Église parce que telle était la tradition dans sa famille. Son frère aîné était dans l'Armée et son second frère dans la Marine. Le hasard ayant voulu que lord Meed fasse l'héritage inattendu d'une grande fortune, aucun de ses fils n'avait plus besoin de gagner sa vie et Josué était devenu un pasteur « viveur » sans paroisse.

Il était pour le moins fâcheux qu'il eût été invité à dîner la veille, songeait à présent lord Ravenscar.

Si Josué n'avait pas été là, lui-même aurait eu le temps de se dégriser. Il aurait alors réalisé que prendre sa revanche sur Atalie ne valait nullement le sacrifice de sa liberté.

Comme toujours, son accès de colère était passé et la raison reprenait le dessus.

Il n'éprouvait plus que de l'amertume, laquelle le rendrait, il le savait, encore plus cynique à l'égard des femmes.

Comment avait-il pu s'imaginer une seule minute qu'Atalie, sa beauté mise à part, différait des autres filles qu'il avait fréquentées et qui s'étaient révélées à la longue assommantes ou menteuses?

Leur manque d'intelligence n'était jamais compensé par leurs charmes physiques.

« Je me suis conduit comme un satané imbécile », conclut intérieurement lord Ravenscar qui dit à haute voix :

– Hignet !

– Oui, m'lord?

– Où est la dame que j'ai épousée hier soir?

– Mrs Fellows s'en occupe, m'lord. Cette dame semble avoir eu un accident.

La voix d'Hignet avait cette intonation particulière que lord Ravenscar connaissait bien et qui signifiait que son valet avait encore beaucoup à raconter.

– De quel accident s'agit-il, Hignet?

Le valet hésita un peu à répondre.

– Je n'en ai eu connaissance, m'lord, qu'en parlant par hasard à Mr Feltham qui est maître d'hôtel chez sir Harvey Wychbold, notre voisin.

– Feltham? Et qu'a-t-il donc à voir avec cet accident?

– Pas Mr Feltham, m'lord, sir Harvey !

Lord Ravenscar attendit. Hignet était un bavard impénitent et l'information qu'il brûlait de fournir n'allait pas tarder à lui échapper.

– Mr Feltham m'a raconté, m'lord, que la jeune dame qui se trouve maintenant ici est arrivée hier, tard dans la soirée, chez sir Harvey...

– Ne me dites pas, Hignet, que j'ai épousé une des anciennes maîtresses de Wychbold?

La voix de lord Ravenscar résonnait avec un tel accent que son valet s'écria précipitamment :

– Non, non, m'lord ! Elle n'a aucun lien personnel avec sir Harvey, elle venait seulement d'arriver, pour ainsi dire, mais apparemment il s'est formalisé de sa présence.

– Qu'entendez-vous par là?

– Sir Harvey lui a assené un coup de poing en pleine figure, m'lord, et l'a jetée du haut du perron dans la rue. C'est ce qui expliquerait le fait que la dame est encore inconsciente, à ce que m'a expliqué Mrs Fellows.

– Inconsciente? répéta lord Ravenscar. Vous me dites que Wychbold a *frappé* une femme?

– Ce ne serait pas la première fois, m'lord.

Lord Ravenscar se redressa dans son lit.

Il se rappela avoir vu du sang lors de la cérémonie de mariage. Tout cela lui paraissait à présent s'être déroulé dans une sorte de brume.

Il entendait encore la voix de Josué prononçant la formule : « Acceptes-tu de prendre cet homme pour époux? » Mais il ne se souvenait pas de ce que la fille avait répondu.

La cérémonie terminée il l'avait regardée et s'était dit qu'elle était vraiment la femme la plus laide qu'il eût jamais vue.

Et puis, on avait dû cesser de la soutenir car elle s'était affaissée à ses pieds.

« Ma femme ! songea-t-il. Ma... femme ! »

Il se demanda s'il y avait déjà eu des cas de folie dans sa famille.

2

Lord Ravenscar achevait de prendre son petit déjeuner quand le vicomte Garson entra dans la pièce, un journal à la main.

– Bonjour, Anthony ! s'écria lord Ravenscar.

– Voici *La Gazette*. Tous tes amis doivent être en train de la considérer avec des yeux exorbités.

Lord Ravenscar ne répondit rien. Il se versa une autre tasse de café.

– Je présume que tu te sens toujours assez de courage pour affronter les commérages et venir faire une promenade à cheval dans le parc? demanda le vicomte en prenant place à table.

Le visage de lord Ravenscar s'assombrit et il répliqua d'un ton bref :

– J'ai mis cette histoire en route et j'irai jusqu'au bout, quoi qu'il m'en coûte.

– Je regrette seulement que nous ne puissions être là quand Atalie lira le faire-part de ton mariage, dit le vicomte.

De nouveau, au lieu de répondre, lord Ravenscar se servit du plat de ris de veau forestière que lui présentait un de ses valets.

Le vicomte lui jeta un coup d'œil et demanda :

– Elle est toujours inconsciente?

– Je crois. Sir William dit que c'est une très grave commotion cérébrale.

– Causée probablement quand elle a heurté le trottoir, commenta le vicomte sur un ton pensif. Le perron de la maison de Wychbold est très raide et si, comme on te l'a raconté, il l'a projetée du haut des marches, la chute était dangereuse.

– Dangereuse est le mot. Quoi que cette jeune femme ait fait, Wychbold s'est conduit comme le salaud qu'il a toujours été.

– As-tu appris quelque chose de plus à son sujet? questionna le vicomte.

– J'ai lu une lettre qui se trouvait dans son sac à main.

Le vicomte parut intrigué, puis s'exclama :

– Ah, la lettre qui nous a renseignés sur son nom !

– Elle était écrite par une certaine Caryl, expliqua lord Ravenscar. Elle suppliait Romara de venir la rejoindre tout de suite. Elle donnait l'impression d'avoir je ne sais quels ennuis.

– Ce qui est très probable si Wychbold trempe dans cette affaire. Quand cette jeune femme aura repris connaissance là-haut, je suppose qu'elle sera en mesure de nous fournir des explications.

– Auquel cas, que suis-je censé y faire? riposta lord Ravenscar en se levant. Je ne blâme personne en l'occurrence; mais il est bien regrettable que pas un d'entre nous n'ait été en état de raisonner sainement.

– C'est juste, convint son ami. Parfaitement juste, mais je me rappelle avoir été transporté de fureur en apprenant qu'Atalie te traitait d'une façon aussi indigne. J'ai toujours eu l'impression que c'était une aventurière.

Lord Ravenscar, qui se tenait debout le dos à la cheminée, eut un sursaut de surprise :

– Tu pensais ça?

– Elle cherchait à faire parler d'elle à n'importe quel prix. D'accord, elle était assez belle pour cela mais je n'aurais pas aimé voir ma sœur fêtée de cette façon par tous les ivrognes à la langue bien pendue de St. James.

– Ce qui nous implique tous et moi en particulier ! dit lord Ravenscar avec humeur.

– Tu n'es pas le premier à perdre la tête pour une « Incomparable » ! affirma le vicomte pour le réconforter.

– Et je ne serai pas non plus le dernier imbécile à tourner en bourrique à cause d'un joli minois, acquiesça lord Ravenscar avec amertume.

Le vicomte soupira.

– Eh bien, si tu es toujours résolu à prendre ta revanche sur Atalie, il faut que nous partions pour le Parc. Tu peux être certain que tout le monde va te demander des détails sur ton épouse et sur son apparition subite dans ton existence.

– Je peux difficilement dire la vérité, dit lord Ravenscar d'une voix éteinte. Le mieux, je crois, serait que nous prétendions tous deux connaître Romara depuis longtemps. Il faudrait que ce soit quelqu'un que j'aime depuis l'enfance... un bobard de ce genre. Cela rendra la chose plus plausible.

– Je savais que tu trouverais une solution ! s'exclama le vicomte, admiratif.

Il se dirigea vers la porte, s'arrêta et déclara sur un ton différent :

– Je suis navré de tout cela, Trent. S'il m'était resté un grain de bon sens, je t'aurais empêché de faire cette folie ou, au moins, j'aurais insisté pour que nous attendions le matin, dans l'espoir que nous aurions repris nos esprits, les uns et les autres.

– Hier, aujourd'hui, demain, j'aurais toujours voulu prendre ma revanche sur Atalie ! déclara lord Ravenscar avec emportement. Et j'y aurai réussi, à défaut d'autre chose.

– Tu l'as dit, acquiesça le vicomte.

Il suivit son ami dans le vestibule et, en franchissant le seuil de la maison devant laquelle attendaient leurs chevaux, il songea que Trent avait en tout cas échappé à une femme calculatrice qui se révélait n'être qu'une intrigante.

Ce jugement sévère ne lui était pas inspiré par la froideur de la jeune femme à son égard. Il éprouvait une sincère affection pour lord Ravenscar et il était heureux de l'avoir empêché de contracter une union dont il savait qu'elle serait désastreuse.

L'amour, comme le dit le proverbe, est aveugle et lord Ravenscar ne s'était pas rendu compte que, tout en prétendant l'aimer, Atalie flirtait avec ses amis et cherchait à séduire tous les hommes qui passaient à sa portée.

Le vicomte la pensait de ces femmes qui ne se contentent pas d'un seul homme dans leur vie mais à qui il faut une douzaine de soupirants à la fois, même si quelqu'un doit en souffrir.

Évidemment, sauver lord Ravenscar des griffes d'Atalie aurait pu se régler autrement qu'en répondant à la lettre à sa demande et en lui faisant épouser la femme la plus laide de Londres.

En réfléchissant à ce qui était arrivé, le vicomte avait été horrifié. Il s'était torturé la cervelle sans trouver le moyen de tirer son ami d'un aussi mauvais pas.

La veille, dès qu'il avait réussi à tenir debout, il

s'était précipité chez Josué Meeding pour vérifier si cette cérémonie si follement célébrée était valide.

Josué avait cuvé son ivresse de la nuit précédente mais il était encore d'humeur agressive, et se voir soupçonné d'avoir fait quelque chose d'illégal l'offensa.

– Il faut naturellement que le mariage soit enregistré aujourd'hui au bureau de l'état civil. Mais j'ai célébré cette cérémonie en toute légalité et seul un décret du Parlement peut l'annuler.

– Tu en es certain? avait riposté le vicomte. Et comme il n'avait pas tout à fait confiance en Josué, il s'était renseigné à d'autres sources.

Depuis la loi de 1754, tout mariage devait être enregistré au bureau de l'état civil après sa célébration, mais, même en l'absence de cette formalité, on le considérait toujours comme irrévocable s'il avait été célébré par un prêtre.

Faisant contre mauvaise fortune bon cœur et comme il n'y avait pas moyen de tenir l'événement secret, lord Ravenscar avait décidé de payer d'audace.

Il avait donc fait publier un faire-part dans *La Gazette de Londres,* annonçant que le mariage avait été célébré « dans l'intimité en raison d'un deuil ».

Cette explication avait été proposée par le vicomte qui se rappelait avoir remarqué que Romara était entièrement habillée de noir et que son manteau et sa capote étaient noirs également. Personne n'adopterait sans motif une vêture à ce point sinistre.

Cette explication était la bienvenue car l'extrême discrétion avec laquelle le mariage avait été célébré aurait suscité une foule de commentaires s'ils n'avaient pas trouvé un prétexte plausible.

Toutefois, tandis qu'ils se dirigeaient vers le Parc, montés sur les chevaux fougueux qu'enviait tant leur entourage, le vicomte se dit que rien ne pouvait vraiment alléger la désagréable épreuve qui attendait son ami.

Romara bougea, essaya d'ouvrir les yeux et s'aperçut qu'un pansement recouvrait entièrement l'un d'eux.

Une femme qui cousait, assise près de la fenêtre, l'entendit remuer et vint à son chevet.

– Êtes-vous réveillée, m'lady? demanda-t-elle. M'entendez-vous?

Romara avait l'impression que ses lèvres douloureuses étaient en bois mais elle parvint à dire :

– Où... suis-je?

– Ne parlez pas tout de suite, m'lady, lui conseilla la femme, essayez d'abord d'avaler cette potion que le médecin a laissée pour vous.

Elle versa un liquide dans une cuillère et l'approcha précautionneusement des lèvres de Romara.

Si doux qu'eût été son geste, quand la cuillère toucha la bouche de la jeune fille, celle-ci eut horriblement mal et grimaça avant d'avaler la substance sucrée et poisseuse.

Sous l'effet de cette potion, elle sentit sa gorge se desserrer.

Elle regarda la femme penchée sur elle et songea qu'elle ne l'avait jamais vue.

– Où suis-je? réussit-elle à demander de nouveau.

– Votre Seigneurie est en sécurité répondit l'inconnue sur un ton apaisant. Dormez, m'lady, et je vous expliquerai tout quand vous vous réveillerez.

Le médicament que Romara avait absorbé était un calmant et elle se sentait extrêmement lasse. Elle avait l'impression d'avoir un grand nombre de questions à régler mais n'aurait pas su dire de quoi il s'agissait.

Docilement, elle ferma le seul œil avec lequel elle pouvait voir et plongea dans un sommeil sans rêves.

Quand elle se réveilla, la nuit était tombée. Les rideaux étaient tirés et une bougie brûlait sur la table de chevet. Romara découvrit qu'elle était couchée dans une chambre très luxueusement meublée et beaucoup plus vaste que celle qu'elle occupait chez elle.

Mais si elle ne se trouvait pas chez elle, où était-elle?

Elle s'aperçut qu'elle n'était pas seule : dans un fauteuil devant la cheminée se trouvait une jeune femme qui portait une petite coiffe de camériste et qu'elle ne connaissait pas.

Elle dormait, enfoncée dans le fauteuil, et Romara fut contente de n'avoir pas à lui parler.

Que s'était-il passé? Et pourquoi était-elle blessée au visage?

Peu à peu, comme si sa mémoire émergeait d'un brouillard opaque, elle se souvint...

Elle se rappela être arrivée à la maison de Curzon Street, avoir vu Caryl et appris qu'elle allait avoir un enfant.

Puis elle revit la face rouge et coléreuse de sir Harvey et entendit de nouveau la main de l'homme claquer sur la joue de Caryl, tandis que sa voix l'injuriait.

Elle comprit alors pourquoi sa tête était bandée. Il l'avait frappée ! Cela semblait incroyable, inconcevable, mais sir Harvey l'avait frappée en pleine figure !

Après cela, il n'y avait plus que l'obscurité et une

souffrance atroce qui paraissait ne jamais devoir finir.

Peut-être était-elle dans la même maison que Caryl?

Elle aurait aimé voir sa sœur, mais elle éprouva une crispation de peur à l'idée que sir Harvey pourrait la frapper encore.

Ses lèvres étaient tout endolories et, après un instant de perplexité, elle dégagea sa main du drap pour les palper.

Sa bouche était gonflée et sa joue douloureuse était recouverte par un emplâtre.

Soudain une idée terrifiante lui traversa l'esprit : s'il avait osé la traiter ainsi, dans quel état devait être Caryl !

Elle voulut rejoindre sa sœur, la retrouver sur-le-champ pour la protéger, mais elle était incapable de bouger.

Sa tête la faisait souffrir de façon presque intolérable et elle avait l'impression que son corps était privé de vie.

Il faut que je me rétablisse vite, se dit-elle, et elle se rendormit.

– Mais il faut que je me lève... il le faut, insista Romara.

Sir William Knighton, le médecin de lord Ravenscar, la dévisagea avec compassion.

– C'est trop tôt, affirma-t-il. Beaucoup trop tôt. Vous avez souffert d'une grave commotion. Vous êtes restée trois jours sans connaissance.

– Trois jours ! s'exclama-t-elle. Ce n'est pas possible !

– Votre tête a heurté quelque chose de très dur, le trottoir, à ce que j'ai compris, expliqua-t-il.

– Le trottoir?

Romara était stupéfaite. Sir William déclara vivement :

– Ne vous inquiétez pas de cela pour le moment. Restez couchée tranquillement en essayant de dormir. Je reviendrai demain.

Il quitta la pièce, mais Romara l'entendit parler à voix basse dans le couloir à la femme d'un certain âge qui la veillait le plus souvent et s'appelait Mrs Fellows.

Quand cette dernière rentra dans la chambre, elle s'approcha de Romara pour demander :

– Voulez-vous quelque chose, m'lady? Sir William a recommandé que vous buviez le plus possible et j'ai de la limonade toute fraîche.

– Volontiers, acquiesça Romara.

Mrs Fellows lui souleva la tête avec adresse et Romara but à petites gorgées, consciente que ses lèvres lui faisaient un peu moins mal que la veille.

Quand elle fut à nouveau appuyée à ses oreillers, elle dit :

– Vous m'appelez tout le temps « my lady ». Il y a erreur, je le crains. Mon nom est Shaldon... miss Romara Shaldon.

Mrs Fellows la surprit en répliquant après une légère hésitation :

– Sa Seigneurie a dit que je pouvais expliquer à Votre Seigneurie, si vous posiez la question, que vous êtes en fait lady Ravenscar.

Romara la dévisagea avec stupeur de son œil unique et conclut qu'il devait s'agir d'une erreur. Les gens qui l'avaient transportée ici l'avaient probablement prise pour quelqu'un d'autre.

– Mon nom est Romara Shaldon, répéta-t-elle, et

je n'ai jamais entendu parler de... lord Ravenscar.

Mrs Fellows tira une chaise près du lit et s'assit.

– Votre Seigneurie se sent-elle assez bien pour apprendre la vérité? demanda-t-elle.

– Certes. Je me sens beaucoup mieux. D'ailleurs, je veux me lever parce que j'ai... quelque chose de très important à faire, mais le médecin s'y oppose...

– Il nous faut tous nous conformer à ce qu'ordonne sir William, m'lady, répliqua Mrs Fellows. Il est le médecin de Son Altesse Royale le prince de Galles lui-même ! Il n'y a pas de docteur plus compétent dans tout le pays !

Romara songea qu'il se ferait sans doute payer très cher, mais se contenta de dire à haute voix :

– Vous alliez m'expliquer pourquoi je suis ici.

– Oui, m'lady. Voilà ce qui s'est passé..., commença Mrs Fellows.

Avec quelques hésitations elle raconta comment les messieurs qui avaient dîné avec Sa Seigneurie avaient découvert Romara sur le trottoir, devant la maison voisine et l'avaient transportée ici. Ils avaient en effet parié qu'ils ramèneraient une fiancée pour leur hôte, lord Ravenscar, avec qui une très belle jeune femme qui était la coqueluche de St.James venait de rompre.

Mrs Fellows savait que les jeunes gens s'étaient lancés sous la conduite du vicomte Garson à la recherche de la femme la plus laide de Londres, mais elle se garda bien de le répéter à Romara.

Elle se contenta d'expliquer que, pour se venger d'avoir été si mal traité, Sa Seigneurie avait décidé de se marier avant que soient annoncées les fiançailles de miss Bray avec le marquis de Chester.

Romara l'écoutait, horrifiée.

– Êtes-vous en train de me dire, finit-elle par demander d'une voix étranglée, que je suis réellement... *mariée* à ce... monsieur?

– C'est cela, m'lady.

Romara sentait sa tête tourner et, pendant un instant, elle songea qu'elle devait délirer pour imaginer qu'une histoire pareille pût être vraie.

Cependant, Mrs Fellows parlait sur un ton convaincant. Quelqu'un d'allure aussi respectable pouvait difficilement avoir inventé une histoire à ce point fantastique... à moins d'avoir reçu des instructions dans ce sens.

– Lord... Ravenscar vous a-t-il demandé de me raconter cela? interrogea-t-elle au bout d'une minute.

– Je crois que Sa Seigneurie trouvait embarrassant d'avoir à l'expliquer lui-même à Votre Seigneurie, lui confirma Mrs Fellows en secouant la tête. Sa Seigneurie a toujours eu des réactions très vives. Il n'y a jamais eu plus charmant gentleman sur terre, mais quand il entre dans une de ses rages, rien ne le retient !

– Une de ses rages? répéta Romara d'une voix éteinte.

– C'est dans sa famille, m'lady. La malédiction des Ravenscar, en quelque sorte. Ils piquent tous des colères, par moments. Mais, à ma connaissance, Sa Seigneurie n'avait encore jamais fait quelque chose d'aussi inconsidéré... jamais !

– Que va-t-il se passer? Que puis-je faire?

La question de Romara avait quelque chose d'enfantin, d'apeuré, qui éveilla l'instinct maternel de Mrs Fellows.

– Allons, ne vous tourmentez pas, m'lady. La situation s'arrangera d'elle-même quand vous irez mieux et Sa Seigneurie trouvera bien quelque chose, vous pouvez en être sûre !

– Vous dites que c'est... un vrai pasteur... qui nous a mariés?

– Oui, m'lady. L'Honorable Josué Meeding a été ordonné voici plusieurs années, mais il n'a pas de paroisse et il ne se conduit pas comme un pasteur le devrait. Bien qu'en juger ne m'appartienne pas, je le reconnais.

Romara avait le sentiment de vivre un cauchemar insensé. Elle ne pouvait que prier pour découvrir, en se réveillant, qu'il s'agissait seulement d'un produit de son imagination.

Ses pensées se tournèrent alors vers Caryl.

Quand sir Harvey, après l'avoir frappée, l'avait jetée du haut du perron sur le trottoir, comment sa sœur avait-elle réagi?

Elle se rappelait maintenant que Caryl avait hurlé. Elle l'avait entendue très distinctement avant de perdre connaissance sous l'effet de la souffrance.

Elle étendit la main pour se cramponner à Mrs Fellows.

– Vous serait-il possible de... faire quelque chose pour moi? demanda-t-elle.

– Tout ce qui est en mon pouvoir, m'lady.

– Eh bien, voulez-vous demander, sans que quiconque se doute que cela vient de moi, si la dame d'à côté se porte bien?

– La dame d'à côté? répéta Mrs Fellows.

– Dans la maison de sir Harvey Wychbold. Mais il ne faut dire à personne qui cherche à s'informer et sir Harvey ne doit surtout pas apprendre que je suis ici.

– J'en parlerai à Mr Hignet, le valet de chambre de Sa Seigneurie, m'lady, promit Mrs Fellows. Il est ami avec le maître d'hôtel de sir Harvey et il n'aura guère de peine à découvrir ce que Votre Seigneurie désire connaître.

– Alors, je vous en prie, faites-le... Faites-le aussi vite que possible ! supplia Romara. Il faut que je sache comment va cette dame.

Dès qu'elle entra dans la chambre environ deux heures plus tard, Romara comprit que Mrs Fellows avait des nouvelles.

– Mr Hignet s'est informé, m'lady, déclara-t-elle, et vous n'avez pas à vous inquiéter. La dame est en bonne santé et aucun médecin n'a été appelé.

Ce qui ne signifie pas que Caryl ne soit pas souffrante, conclut intérieurement Romara en se rappelant la façon dont sir Harvey traitait sa sœur.

Mais d'autre part, elle était certaine que les domestiques étaient parfaitement renseignés sur Caryl.

S'ils disaient qu'elle allait bien, c'est donc que la conduite de sir Harvey ne l'avait pas autant bouleversée que Romara l'avait craint. Elle devina que Mrs Fellows avait encore quelque chose à dire et elle la questionna.

– Mr Hignet a appris que la dame n'est pas très heureuse, m'lady. Elle pleure beaucoup, surtout quand elle est seule et que sir Harvey n'est pas à la maison.

– Il faut que je me lève, quoi qu'en dise sir William, s'exclama Romara. Si je continue à rester couchée, je deviendrai si faible que je mettrai des jours à me rétablir.

– Ce sont les prescriptions de sir William, m'lady.

– Je m'en moque ! Je veux que vous m'aidiez à me lever cet après-midi, Mrs Fellows, afin d'être assez forte demain pour le convaincre de me laisser m'habiller et descendre.

A contrecœur, mais parce que Romara semblait vraiment décidée, Mrs Fellows l'aida à quitter son lit et à se mettre debout.

Romara ne s'attendait pas à se sentir aussi faible mais elle savait qu'elle ne serait pas en mesure d'aider Caryl si elle-même restait alitée.

Soutenue par Mrs Fellows, elle parvint à aller s'asseoir à l'autre bout de la pièce dans un fauteuil près de la fenêtre.

Au passage, elle aperçut son reflet dans la glace de la coiffeuse et le choc lui fit pousser une exclamation horrifiée.

– Voyons, m'lady, ne vous retournez pas les sangs, la gronda Mrs Fellows. Votre visage a été très marqué, mais sir William dit que c'est une chance que votre nez n'ait pas été cassé ou que vous n'ayez pas perdu vos dents.

– Avez-vous une glace à main? demanda Romara.

– Il y en a justement une sur la coiffeuse. Elle appartenait à la défunte mère de Sa Seigneurie. Comme vous n'aviez rien avec vous, m'lady, ses affaires ont été bien utiles.

Romara se souvint alors que sa malle se trouvait dans la maison voisine.

– C'est très aimable à vous, mais j'ai une malle avec mes affaires personnelles.

– Alors je vais envoyer une voiture la chercher, m'lady, déclara Mrs Fellows.

Romara hésita un instant, puis expliqua :

– En fait, la malle se trouve chez sir Harvey, mais je ne voudrais pas qu'il apprenne que je suis ici.

– Je comprends, m'lady, et je suis certaine que Mr Hignet organisera cela très discrètement.

– Je lui en serai très obligée, répondit Romara.

Elle pensa envoyer un billet à Caryl mais il risquait de tomber entre les mains de sir Harvey, à la suite de quoi ce dernier se mettrait peut-être à traiter sa sœur encore plus cruellement qu'il ne l'avait fait jusque-là.

Il tenait beaucoup trop à garder le secret sur Caryl pour ne pas désirer que lord Ravenscar ignore tout de sa liaison avec elle.

S'il apprenait que Romara habitait dans la maison voisine et qu'en plus, elle avait épousé son propriétaire, il passerait inévitablement sa colère sur Caryl.

Il faut que je m'arrange pour la sortir de là ! conclut Romara.

Lorsque Mrs Fellows lui eut apporté le miroir, elle se demanda si elle oserait jamais se montrer à nouveau en public.

Ce qu'elle pouvait voir de son visage était méconnaissable.

L'un de ses yeux était presque intact mais néanmoins enflé, son nez avait doublé de volume et, aux alentours de l'œil bandé, la peau était meurtrie et couleur d'aubergine.

Quant à ses lèvres, elles étaient gonflées au point de paraître négroïdes et fendues en leur centre.

Une partie de sa figure disparaissait sous le bandage et l'emplâtre qui couvraient – elle l'avait vu quand Mrs Fellows avait refait le pansement – une profonde entaille sans doute causée par une chevalière.

– Je suis horrible ! murmura Romara.

Elle ne parvenait pas à croire qu'elle voyait sa propre figure.

– Cela disparaîtra, m'lady, répliqua Mrs Fellows. Il y a déjà de grands progrès et l'enflure a beaucoup diminué.

Romara posa le miroir d'un geste résolu.

Peu importait son apparence. Ce qui comptait, c'était de secourir Caryl.

Elle hésita mais finit par demander :

– Croyez-vous que je pourrais parler à lord Ravenscar?

– Bien sûr, m'lady. Sa Seigneurie demande tous les jours de vos nouvelles.

– Si vous trouviez quelque chose dans quoi je puisse me draper et si vous me coiffiez un peu, peut-être accepterait-il de s'entretenir un moment avec moi?

Tout en disant cela elle songea qu'elle n'avait aucune envie de le voir et que, sans doute, lord Ravenscar ne souhaitait pas plus qu'elle cette rencontre.

Cependant leurs sentiments réciproques n'avaient aucune importance étant donné que sa sœur allait dans deux mois donner le jour à un bâtard.

Peut-être même plus tôt, calcula-t-elle en se remémorant la date à laquelle Caryl s'était enfuie avec sir Harvey.

Mrs Fellows lui apporta un négligé en velours bleu orné de point de Venise. Romara n'en avait jamais porté d'aussi joli.

Une couverture d'hermine qui avait appartenu à la défunte lady Ravenscar vint couvrir ses genoux, après quoi Mrs Fellows coiffa les cheveux qui dépassaient de son pansement.

Tiraillée, la très large meurtrissure qu'elle avait derrière la tête à l'endroit où elle avait heurté le trottoir quand elle était tombée, lui faisait terriblement mal, mais Mrs Fellows s'y prit avec beaucoup de douceur.

– Est-ce que je vais chercher Sa Seigneurie maintenant, m'lady? demanda-t-elle quand elle eut fini. Je crois que Sa Seigneurie est dans la maison.

– Je vous en prie, oui, répondit Romara qui ajouta : pourriez-vous tirer un peu les rideaux? La lumière est assez vive et me blesse les yeux.

Simple prétexte, en réalité, mais elle se savait affreuse et redoutait un choc pire encore pour son « mari » que pour elle-même.

Pour s'enivrer au point d'en perdre tout sens commun, il ne devait pas valoir mieux que sir Harvey.

Romara connaissait évidemment les rumeurs qui couraient sur le jeu effréné et les beuveries des dandies et autres « beaux » encouragés par la conduite du prince de Galles.

L'Angleterre entière savait qu'au soir de ses noces le prince s'était enivré au point de tomber dans le foyer de la cheminée.

Et l'Angleterre entière était informée, tant par les dessinateurs satiriques que par les commérages, des comportements scandaleux des amis du prince de Galles lorsqu'ils avaient bu.

Romara avait entendu raconter des histoires de steeple-chase dont tous les participants étaient en chemise, de veilleurs de nuit assaillis, de milliers de livres sterling mises en jeu sur des paris puérils engagés par des hommes qui ne trouvaient rien de mieux à faire de leur argent que de le gaspiller ainsi.

Toutefois elle n'avait jamais entendu parler de quelqu'un qui se fût marié pour soutenir une gageure, surtout quelqu'un qui n'avait pas besoin d'argent.

A en juger par ce qu'elle avait vu de la maison et appris de Mrs Fellows sur le nombre des domestiques composant le personnel, elle imaginait de lord Ravenscar qu'il devait être un « viveur ».

C'était le genre d'homme dont son père parlait toujours avec mépris. Peut-être même le général l'aurait-il traité de libertin comme il l'avait fait pour sir Harvey.

Il fallait pourtant qu'elle s'arrange pour le décider à aider Caryl. Elle n'avait personne d'autre. Mais elle redoutait fort de ne le voir s'intéresser qu'à ses plaisirs.

En tout cas, il ne serait probablement pas ivre à une heure aussi matinale. Si elle devait en croire Mrs Fellows, il fallait également espérer qu'il ne serait pas de mauvaise humeur.

Il lui semblait avoir évalué la situation avec calme et pondération mais son cœur se mit à battre d'appréhension, sa bouche devint sèche et ses mains tremblèrent quand, après ce qui lui parut un temps infini, elle entendit résonner des voix de l'autre côté de la porte.

Elle reconnut celle de Mrs Fellows à qui répondait une voix masculine grave.

Romara retint son souffle quand la porte s'ouvrit.

– Sa Seigneurie ! annonça Mrs Fellows.

Et un homme entra dans la chambre.

Romara ne s'était pas attardée à imaginer à quoi pouvait ressembler lord Ravenscar. Elle avait juste pensé qu'il aurait une tête de noceur, et peut-être un teint fleuri, haut en couleur, comme celui de sir Harvey. Ou pire, qu'il ressemblerait aux caricatures qui dépeignaient le prince de Galles et ses intimes comme des êtres bouffis et congestionnés, la cravate chiffonnée et l'estomac en brioche.

Au premier coup d'œil, elle s'aperçut que lord Ravenscar ne ressemblait à rien de tout cela. Il était grand, large d'épaules et incontestablement beau.

Il était habillé à la dernière mode, les coins de son col dressés de chaque côté d'un menton carré, et sa haute cravate était d'une blancheur impeccable.

A part une montre de gousset scintillante, il était vêtu avec autant de sobriété que d'élégance, selon le critère imposé par Beau Brummell : les vêtements doivent faire partie de l'homme et rester discrets.

Il traversa la pièce.

A la dernière minute, Romara ne put supporter l'idée qu'il allait éprouver du saisissement ou du dégoût en la regardant et elle baissa les yeux, la gorge trop serrée pour proférer un son.

– Vous m'avez demandé de venir vous voir, dit lord Ravenscar.

– Oui.

Même un mot aussi simple avait du mal à passer.

– J'ai demandé tous les jours si c'était possible, mais sir William l'avait interdit.

– Il fallait que je vous voie. J'ai... j'ai quelque chose à vous demander.

– Je comprends, et bien sûr je désire vous présenter mes excuses...

– Non... je vous en prie, l'interrompit Romara en levant la main.

Elle sentit qu'il était surpris mais il garda le silence et elle continua :

– Je ne veux pas parler de moi. Nous pourrons le faire plus tard. Pour le moment, j'ai besoin de votre aide et... j'en ai besoin d'urgence !

Lord Ravenscar s'assit dans un fauteuil en face de Romara.

– Je vous aiderai si c'est possible, naturellement. Mais je crains que la situation fâcheuse...

– Ce n'est pas cela, l'interrompit de nouveau Romara. Il s'agit de... ma sœur.

Lord Ravenscar haussa les sourcils comme s'il trouvait curieux qu'elle se préoccupât de sa sœur au lieu d'elle-même.

– Votre sœur? interrogea-t-il.

– Oui. Elle est dans la maison d'à côté, avec sir Harvey Wychbold.

– C'est donc votre sœur que vous alliez voir quand il vous a traitée de cette façon abominable !

– Il était... furieux... parce qu'elle m'avait fait venir, expliqua Romara. Elle ne l'avait pas prévenu et il m'a jetée dehors.

– Je l'ai bien compris.

L'accent de sa voix indiqua clairement à Romara qu'il condamnait avec sévérité la conduite de sir Harvey. Cela l'encouragea à demander d'un ton suppliant :

– S'il vous plaît, voulez-vous aider Caryl... puisque je suis incapable de m'en charger pour le moment?

– Que me suggérez-vous de faire?

– Emmenez-la. Sir Harvey la maltraite. Il l'a frappée pendant que j'étais là-bas.

– J'ai toujours pensé que c'était un goujat ! s'exclama lord Ravenscar. Sa conduite envers vous et ce que vous me dites concernant votre sœur confirment mon opinion.

Il réfléchit un moment avant de reprendre :

– Êtes-vous vraiment certaine que votre sœur souhaite s'en aller?

Romara joignit ses mains dont elle entrelaça les doigts. Puis elle expliqua :

– Il a persuadé Caryl de s'enfuir avec lui après

que mon père lui eut interdit l'entrée de notre maison.

– Il a promis de l'épouser, je suppose?

Romara voulut hocher la tête, mais le mouvement lui fut si douloureux qu'elle grimaça.

– Oui, il le lui a promis cent fois et Caryl... était amoureuse de lui.

Elle crut lire du mépris sur le visage de lord Ravenscar et ajouta vivement :

– Elle n'avait jamais rencontré d'homme comme lui. En fait, elle a beau être jolie, il n'y avait pas grand monde pour le lui dire dans le comté de Huntingdon.

– Alors Wychbold lui a tourné la tête, commenta lord Ravenscar avec dédain. Ce n'est sûrement pas la première fois qu'il se conduit de cette façon.

– Mon père m'avait interdit de communiquer avec Caryl mais j'étais convaincue que sir Harvey l'avait épousée.

– Vous ne pouviez guère attendre d'un mirliflore de cet acabit qu'il tienne sa parole. Mais si votre sœur désire le quitter, pourquoi ne le fait-elle pas?

– Il la retient virtuellement prisonnière chez lui et...

Elle resta silencieuse un instant et lord Ravenscar vit s'empourprer le côté de sa figure que ne masquait pas le bandage.

– ... et elle attend un enfant, acheva très bas Romara.

– J'aurais dû m'en douter.

Il y avait quelque chose de cynique dans la façon dont il dit cela et Romara pensa avec désespoir qu'il n'allait pas intervenir.

– Je vous en prie, je vous en prie, aidez-la, supplia-t-elle. Je... je n'ai personne d'autre à qui m'adresser.

Mon père aurait réglé la question comme il faut, mais il est mort.

– Avoir à poser cette question paraît assez bizarre vu les circonstances, mais pourriez-vous me dire qui vous êtes et qui était votre père?

– Mon père était le général Shaldon, sir Alexander Shaldon, répondit Romara qui vit lord Ravenscar la dévisager avec stupeur.

– Votre père commandait le Dixième Dragons Légers?

– Oui.

– Bonté divine ! J'ai servi sous ses ordres ! Comment, au nom du Ciel, le général a-t-il pu laisser un homme comme Wychbold fréquenter votre sœur ou vous-même?

– Sir Harvey a été présenté à Caryl par un voisin et quand il est venu la voir, lui a envoyé des fleurs et écrit des lettres d'amour, papa lui a interdit de se présenter à la maison.

– Évidemment.

– Mais sir Harvey a persuadé Caryl de continuer à le voir en secret.

– Je suis sûr qu'il s'est montré très persuasif.

La voix de lord Ravenscar était sarcastique.

– Comprenez-la, je vous en prie. Caryl n'avait jamais connu personne qui lui ressemble. Je pense qu'il l'avait fascinée.

– Et maintenant, elle porte son enfant. Dieu sait ce que votre père en aurait pensé s'il était vivant.

– Je suppose que papa aurait tué sir Harvey ou bien l'aurait obligé à épouser Caryl afin de donner un nom à l'enfant.

Lord Ravenscar la regarda d'un air surpris.

– Est-ce ce qu'elle désire?

– J'ai l'impression qu'elle est trop bouleversée pour vouloir quoi que ce soit. Je ne l'ai vue que quelques instants mais elle m'a dit que sir Harvey est furieux qu'elle soit enceinte et qu'il essaie de tenir sa grossesse secrète.

– Cela ne m'étonne pas.

– Caryl croit aussi, poursuivit Romara d'une voix étouffée, que sir Harvey s'est lassé d'elle et s'intéresse à une autre femme.

Lord Ravenscar pinça les lèvres avant de déclarer :

– Voulez-vous me confier cette affaire? Je désire en discuter avec un de mes amis, mais je vous promets de m'en occuper.

– Bientôt? demanda Romara avec anxiété.

– Aussi vite que possible.

– J'ai tellement peur qu'il traite Caryl comme il m'a traitée.

– Il faut que vous preniez votre revanche pour cela. Qu'aviez-vous fait pour le rendre aussi furieux?

– Je lui ai simplement dit ce que je pensais de lui.

Lord Ravenscar rit.

– Vous êtes bien la fille de votre père et j'aurais dû m'en douter, mais, en l'occurrence, c'était imprudent.

– Il a giflé Caryl parce qu'elle m'avait demandé de venir, expliqua la jeune fille. Ensuite il m'a frappée. (Le seul fait d'y songer lui coupait à nouveau le souffle.) Après cela, je ne me rappelle plus rien.

– C'est ce que je supposais, mais je crois que Mrs Fellows vous a raconté ce qui s'est passé.

– Oui.

– Comme vous l'avez proposé, poursuivit-il vivement, nous en discuterons plus tard. Je crois que la situation de votre sœur prime tout pour le moment.

– Merci. Merci de votre promesse de chercher à l'aider.

– Quand le bébé est-il attendu?

De nouveau, Romara s'empourpra.

Cela paraissait tellement peu convenable, presque indécent, de discuter d'un bébé à naître avec un inconnu. Mais ce n'était pas le moment de jouer les jeunes filles pudiques ou timides.

– Caryl pense qu'il naîtra... dans deux mois, mais ce sera peut-être plus tôt.

– Alors nous devons agir sans tarder, conclut lord Ravenscar. Vous croyez sincèrement que le mieux pour votre sœur est d'épouser cet individu?

Romara eut un petit geste des mains.

– Quel qu'il soit, il est toujours le père de l'enfant. Comment pourrait-elle supporter la honte d'avoir un enfant sans être mariée? Si je la ramène à la maison – en admettant que sir Harvey me le permette – il nous faudrait donner une explication à nos voisins.

– Oui, je comprends.

Lord Ravenscar leva les yeux vers Romara puis les détourna vivement et elle pensa que c'était parce qu'il ne pouvait pas supporter la vue de son visage.

– Fiez-vous à moi, dit-il. Je vous promets d'y réfléchir sérieusement et d'essayer de trouver une solution.

– Merci. C'est vraiment très aimable à vous. Je craignais que vous ne compreniez pas à quel point c'est important.

– Si, je comprends et c'est peut-être l'unique bon point qu'il y ait en ma faveur. Je ne peux guère m'attendre à ce que vous en trouviez beaucoup.

Il lui adressa un sourire mi-figue mi-raisin puis se dirigea vers la porte.

– Dépêchez-vous de guérir, dit-il d'une voix étonnamment amicale. J'ai l'impression que vous allez avoir besoin de toutes vos forces !

3

Assis à côté de lord Windover qui conduisait sa voiture tirée par une magnifique paire de chevaux bais, sir Harvey Wychbold souriait de satisfaction.

Il avait de la peine à croire en sa chance. La veille au soir, chez Wattiers, lord Windover lui avait parlé d'un combat de boxe à Wimbledon et lui avait proposé d'aller ensemble y assister.

Depuis son arrivée à Londres, sir Harvey aspirait à devenir une personnalité de la haute société, mais ceux qui en faisaient partie l'évitaient et il désespérait presque de réaliser son ambition.

Certes, à cause de sa richesse, il lui avait été facile de conquérir les bonnes grâces des membres impécunieux de la noblesse et de ceux qui avaient perdu leur fortune aux cartes, mais ce n'était pas ce qu'il désirait.

Il avait été élevé dans le Yorkshire et son père, un baronnet sans le sou qui s'était vendu avec son titre à la fille d'un riche industriel lainier, avait refusé de le laisser partir de chez lui.

Décision désastreuse car Harvey Wychbold, faute d'autre occupation, avait séduit toutes les jolies femmes à cinquante kilomètres à la ronde.

Il souhaitait avec ardeur exercer ses talents particuliers sur un terrain de chasse plus vaste.

Dès la mort de son père, il avait quitté le Yorkshire pour Londres, prêt à jouir de la vie frivole et gaie dont il avait tant entendu parler.

A cette époque, le nouveau baronnet avait atteint sa trentième année. Il était conscient du pouvoir qu'il exerçait sur les femmes et ne s'était pas attendu à ce que les hommes dont il chercherait à faire ses amis l'évitent.

Il essuya ses premiers échecs quand il voulut entrer au *White's Club* et au *Brook's.*

Il ne savait pas qui étaient ses ennemis mais à l'évidence il en avait. Chaque année il tentait à nouveau de devenir membre de ces deux clubs – les plus fermés de St. James –, et sa candidature était invariablement repoussée.

Il était parvenu néanmoins à faire partie de deux clubs de moindre importance et, naturellement, les salles de jeu telles que Wattiers l'accueillaient à bras ouverts.

L'année précédente, il s'était rendu dans le comté de Huntingdon où il avait été accueilli avec un groupe de noceurs dans la demeure d'un jeune noble qui lui avait emprunté au fil des années une somme assez considérable.

Sir Harvey avait trouvé ce séjour tellement agréable qu'il commença à se demander s'il ne réaliserait pas plus aisément ses ambitions en s'y prenant d'une manière différente.

Il avait été très sincèrement captivé par la jeunesse, la fraîcheur, le charme de Caryl, mais ce qui avait compté avant tout pour lui, c'est le milieu auquel elle appartenait.

Il n'avait pas manqué de noter le profond respect

avec lequel on parlait du général Alexander Shaldon et l'accueil chaleureux qui lui était réservé dans toutes les maisons du comté où il daignait aller.

Avec son assurance caractéristique, sir Harvey avait donc fait le siège de Caryl pour en conquérir le cœur.

Il était très prétentieux et ne doutait nullement qu'un jour ou l'autre, il deviendrait l'un des familiers du prince de Galles.

Quand le général lui interdit sa maison, il en fut surpris mais il avait la conviction que le vieil homme adorait ses filles et changerait d'attitude.

Il persuada Caryl de s'enfuir avec lui et fut abasourdi de voir, après leur arrivée à Londres, les lettres envoyées par Caryl à son père revenir non décachetées et de ne recevoir aucun message de sa sœur.

Il comprit alors l'erreur qu'il avait commise, et son étendue lui apparut plus nettement encore quand il découvrit que Caryl attendait un enfant.

Se retrouver avec une épouse sans place dans la haute société et un bébé dont le grand-père refusait d'admettre l'existence était bien la dernière chose qu'il désirait.

Qui plus est, l'affection de sir Harvey pour Caryl, si tant est que le terme convienne, se refroidissait.

Il avait fait la connaissance d'une veuve qui lui aurait été plus utile comme épouse sur le plan mondain qu'aucune autre des femmes qu'il avait rencontrées, mais n'était-il pas trop tard?

Il se mit à chercher un moyen de se débarrasser de Caryl.

Le problème était délicat et extrêmement irritant. Le soir où Romara, répondant à l'appel au secours de Caryl, était arrivée à Londres, sir Harvey venait de subir une déconvenue majeure.

Persuadé de n'avoir qu'un mot à dire pour obtenir le consentement de la veuve, il avait trop attendu pour lui assurer que ses intentions étaient strictement honorables.

Après un dîner en tête à tête, elle l'avait informé d'un ton paisible mais ferme qu'elle avait l'intention d'épouser quelqu'un d'autre.

Sir Harvey avait entièrement rejeté sur Caryl la responsabilité de cet échec. Si la jeune fille n'avait pas habité chez lui, il aurait depuis longtemps présenté sa demande en mariage.

De retour à son domicile, ivre de fureur et de cognac, il avait giflé Caryl comme cela lui était déjà arrivé plus d'une fois. Il n'avait pas eu l'intention de frapper sa sœur. Mais que celle-ci se trouve là après que Caryl l'eut appelée en cachette l'avait mis dans une colère telle qu'il avait perdu le contrôle de ses actes.

Le lendemain matin, il s'était demandé avec appréhension si Romara n'allait pas porter plainte, mais la journée s'était écoulée sans incident et il avait pensé avec son outrecuidance coutumière qu'elle avait dû repartir pour la campagne.

En lisant le surlendemain dans *La Gazette* que lord Ravenscar avait épousé Romara Shaldon, il avait été absolument ébahi.

Sur le moment, d'ailleurs, il ne parvint pas à y croire. Ce mariage paraissait impossible. Après réflexion, il se dit que c'était peut-être la raison de la visite de Romara à Caryl.

Désireux d'éviter une nouvelle scène, il cacha *La Gazette* pour que Caryl ne la voie pas et donna l'ordre formel de ne laisser personne entrer chez lui et surtout pas un habitant de la maison voisine.

Ce que sir Harvey ne savait pas – et qui l'aurait rendu fou furieux s'il l'avait su – c'est que ses domestiques avaient déjà été soudoyés pour transporter chez lord Ravenscar la malle de Romara.

Comme bien des hommes riches, sir Harvey n'était pas un maître bienveillant ni généreux.

Il renvoyait ses domestiques pour des vétilles, leur payait des gages de misère et se montrait chiche à l'extrême pour la nourriture destinée à l'office.

Il avait hérité ce trait de son grand-père, natif du Yorkshire (1), et ses domestiques agissaient en conséquence, le servant sans ardeur car ils ne considéraient pas lui devoir de dévouement.

A l'insu de sir Harvey, des billets s'échangeaient entre les deux maisons et comme ceux qui sortaient de la demeure de lord Ravenscar étaient invariablement accompagnés d'une pièce d'or, le transfert s'accomplissait avec facilité et en secret.

Décidé à tout faire pour se libérer des griffes de Caryl, sir Harvey ne voyait pas, pour le moment, par quel moyen y parvenir.

Toutefois, tandis qu'il roulait en direction de Wimbledon, prêt à toutes les flagorneries pour plaire à lord Windover, il avait écarté Caryl de son esprit.

Lord Windover était un homme tranquille dont l'unique plaisir, quand il venait à Londres, était de jouer.

Il avait en permanence ses entrées à Carlton House et le prince de Galles avait souvent séjourné à Windover Park, dans le comté de Berk.

Sur le chemin de Wimbledon, la conversation

(1) Ce comté passe à tort ou à raison pour une terre d'avares ou tout au moins de gens « regardants ». (N.d.T.)

resta principalement centrée sur le combat de boxe auquel ils allaient assister.

Tom Bard « le Bombardier », protégé du vicomte Garson, devait se mesurer avec Jeb Salt, champion du pays.

– En ce qui me concerne, Bard est mon favori, déclara lord Windover. Garson est bon juge en matière de pugilistes et je soupçonne toujours les champions locaux d'être trop sûrs d'eux.

– Vous avez entièrement raison, répliqua sir Harvey, et je vais parier sur Bard.

Ils arrivèrent au pré communal de Wimbledon où le combat devait avoir lieu et trouvèrent l'habituel cercle de charrettes et de bottes de foin préparées pour les spectateurs.

Il y avait là bon nombre d'amis du vicomte, tous extrêmement élégants, qui misaient de grosses sommes sur Bard, alors que les spectateurs de la région, nobles et gens du commun, pariaient sur Salt.

Lord Windover confia les rênes à son valet d'écurie et s'en fut en compagnie de sir Harvey rejoindre les autres gentilshommes qui étaient assis sur les bottes de foin les plus rapprochées du ring.

Le combat commença presque aussitôt après leur arrivée et l'on s'aperçut que le Bombardier, en dépit de la confiance qu'avait en lui lord Windover, n'aurait pas une victoire facile.

Le match fut donc excellent et c'est seulement au bout d'une heure que le Bombardier, saignant d'abondance et le jarret chancelant, envoya Jeb Salt à terre.

Et tous de s'exclamer : « Quel beau combat ! »

Le vicomte donna une bourse remplie d'or à son protégé. Quant à Jeb Salt, bien que perdant, il reçut une certaine somme à titre de récompense pour s'être si bien défendu.

– Je vous félicite, Garson ! dit lord Windover.

– Merci. Il faut que nous fêtions cela. Dînerez-vous avec moi ce soir? Je reçois quelques amis.

– J'en serai enchanté ! répondit lord Windover.

Puis le vicomte ajouta d'un ton détaché, à la stupeur mêlée de satisfaction de sir Harvey :

– Voulez-vous vous joindre à nous, Wychbold... si vous n'avez pas d'autre engagement?

– C'est un honneur pour moi ! accepta vivement sir Harvey.

Aucun autre engagement n'aurait été assez important pour l'empêcher d'accepter pareille invitation.

Jamais jusqu'à ce jour le vicomte ni ses amis n'avaient même paru prendre conscience de son existence.

Et voilà qu'il était invité à un dîner qui, songea-t-il avec enthousiasme, allait peut-être marquer un tournant de sa vie.

– Où dînerons-nous? questionna lord Windover.

– Dans le mausolée familial de Park Lane. Mon père est à la campagne et je dispose de toute la maison.

– A 7 heures et demie, je suppose? reprit lord Windover.

– Oui, 7 heures et demie. Ne soyez pas en retard. Brummell vient et il déteste attendre son repas.

Sir Harvey n'en croyait pas ses oreilles.

C'était une victoire d'être invité par le vicomte à un dîner intime avec ses amis.

Mais que Beau Brummell fasse partie des convives lui donnait l'impression que son but, qui hier encore lui semblait si lointain, était pratiquement atteint !

Beau Brummell s'était imposé comme arbitre de la mode. Mais plus encore, il était la personnalité la plus importante de tout le *Beau Monde*.

Le succès ou l'échec d'une réception reposait en majeure partie sur sa présence.

Qu'il fût si intimement lié avec le prince de Galles, qui lui rendait visite tous les matins pour l'entendre bavarder et le regarder s'habiller, suscitait l'envie, la jalousie et la malveillance de ceux que l'arrogance de Brummell exaspérait.

Il occupait dans la société mondaine une place unique et l'en déloger serait une entreprise fort malaisée.

Le plus grand désir de sir Harvey était de faire la connaissance de Beau Brummell afin de pouvoir s'en vanter ensuite.

Il l'avait vu, bien sûr, assez souvent, et ne pouvait qu'admirer un homme qui mettait en pratique lui-même les règles et prescriptions qu'il avait édictées à l'usage des autres.

Sir Harvey n'avait jamais oublié la lettre que sa mère avait reçue d'une amie lors de la première apparition de George Brummell dans la société mondaine.

Cette dame écrivait :

La nature s'est montrée des plus généreuses envers cet homme charmant. Il a, ou peu s'en faut, la stature d'Apollon et l'harmonie de ses proportions est admirable ! La forme de sa tête est particulièrement belle, son visage est plutôt long, son teint clair, son front d'une hauteur peu courante.

Son maintien indique qu'il jouit d'une grande

intelligence et sa bouche dénote une forte disposition à l'humour mordant. Sa voix est très agréable.

La correspondante de lady Wychbold n'avait pas exagéré, cette description de Beau Brummell était véridique. Et de nombreuses personnes le trouvaient aimable et bon.

On connaissait son indéfectible loyauté envers ceux qu'il appelait ses amis.

A vrai dire, sir Harvey ne s'intéressait au caractère de Beau Brummell que pour le bénéfice susceptible d'en être tiré.

Il mourait d'envie de le connaître au point d'avoir prié pour faire sa connaissance. Et voici que l'occasion d'y parvenir se présentait d'une façon totalement inattendue !

– Je passerai vous prendre, dit lord Windover en déposant sir Harvey dans Curzon Street.

Encore une faveur !

Lord Windover, en effet, savait sûrement que sir Harvey possédait un équipage.

Dès qu'il fut entré chez lui, sir Harvey appela son valet de chambre et monta précipitamment, maudissant son domestique qui ne le rejoignait pas assez vite à son gré.

Il se demandait fébrilement comment s'habiller.

Par chance, il avait dépensé une fortune pour monter sa garde-robe et la seule question qui se posait à lui était de décider dans lequel de ses fracs il serait le mieux à son avantage et dans quel style il lui fallait nouer sa cravate de mousseline.

Sir Harvey se rappela que Beau Brummell désapprouvait l'ostentation vulgaire des petits-maîtres, l'affectation des libéraux et le manque de subtilité des dandies.

Il s'en tenait au bon goût mesuré et avait déclaré : « La plus grave mortification que puisse essuyer un gentleman est d'attirer l'attention dans la rue par sa mise ! »

Le valet de sir Harvey le tira de ses réflexions.

– Porterez-vous une épingle de cravate, monsieur?

– Non, bien sûr que non, idiot ! Brummell est un des invités.

Sir Harvey ne pouvait, même devant son valet, se retenir de se vanter de la personne qu'il allait rencontrer.

– Alors vous n'aurez pas besoin de votre montre de gousset, monsieur.

– Évidemment non ! dit sèchement sir Harvey qui enleva tout en parlant la chevalière qu'il portait au doigt.

Quand il fut habillé, il s'examina avec satisfaction. Sa cravate, nouée dans le style lancé par Beau Brummell lui-même, était un modèle de fraîcheur.

Ses bas de soie s'ajustaient sans un pli et son habit avait été coupé par Schweitzer, le tailleur auquel Beau Brummell et le prince de Galles accordaient leur clientèle.

– Vous êtes extrêmement élégant, monsieur ! assura le valet sur un ton de flatterie parfaitement approprié.

Sir Harvey sourit à son image que reflétait le miroir.

– Je commanderai un autre habit demain, déclara-t-il. Schweitzer m'a bien servi et il aura le privilège de le tailler.

– Je suis sûr qu'il en sera très honoré, monsieur, murmura le valet.

Sir Harvey poussa un soupir de satisfaction. Après

cette soirée, il y en aurait beaucoup d'autres où il dînerait avec le *Ton*.

Il se mit à repasser dans son esprit les anecdotes amusantes qu'il allait raconter et des tournures de phrases spirituelles susceptibles de conquérir jusqu'à l'approbation de Brummell.

A 7 h 25 exactement, le cabriolet que lord Windover utilisait à Londres s'arrêta devant la porte et sir Harvey se retint difficilement de se précipiter en bas du perron avant même que la sonnette retentisse.

En s'installant dans la voiture à côté de lord Windover, il lui lança :

– Je me fais une fête de cette soirée. Je ne connais pas la maison familiale de Garson. Je croyais qu'il avait une résidence personnelle.

– Il en a effectivement une quand son père séjourne ici, répliqua lord Windover, mais à la vérité le comte est un vieil homme qui vient rarement à Londres depuis quelque temps. Il est en mauvaise santé, je crois.

– Et naturellement, une grande demeure facilite les réceptions, commenta sir Harvey.

Il décida à cet instant que sa propre résidence de Curzon Street n'était pas assez vaste. Il déménagerait à Berkeley Square ou même s'installerait dans Park Lane – pourquoi pas? Ce n'était pas l'argent qui lui manquait !

Avec une excitation grandissante, il se vit recevant à dîner ses nouveaux amis et, bien que ce fût peut-être trop espérer, Beau Brummell était du nombre.

Ils arrivèrent vite à l'imposant et vaste hôtel particulier que possédait le père du vicomte, sis en retrait de Park Lane et entouré par un jardin.

Quand lord Windover franchit le seuil de l'entrée

d'honneur, sir Harvey qui le suivait redoubla d'attention car il tenait à s'informer au maximum de manière à monter ensuite sans impairs sa nouvelle maison.

Il constata qu'il n'y avait pas moins de six valets de pied en faction, sans compter un maître d'hôtel, et que leur livrée était bien plus imposante que celle de ses propres valets.

Je vais avoir beaucoup de choses à modifier, pensa-t-il.

Puis le maître d'hôtel les annonça d'une voix de stentor : « Lord Windover... Sir Harvey Wychbold ! »

Quatorze hommes environ se trouvaient déjà dans le salon. Tous tournèrent la tête vers lui et sir Harvey songea avec satisfaction qu'il en connaissait un certain nombre.

Lord Charles Manners et son frère, lord Robert Manners, fils du duc de Rutland, furent les premiers qu'il remarqua.

Il eut ensuite du mal à détacher ses yeux de Beau Brummell. Celui-ci affichait un air distant et dédaigneux, mais cette expression lui était presque habituelle.

Il prêtait néanmoins l'oreille à ce que lui disait un homme plus âgé dont l'aspect et le maintien évoquaient ceux d'un militaire.

Lord Windover traversa la salle dans toute sa longueur pour aller saluer leur hôte qui se tenait à l'autre extrémité. Au lieu de lui serrer la main, le vicomte se contenta de déclarer :

– Maintenant que vous êtes là, Windover, je pense que nous pouvons commencer.

En parlant, il avait levé le bras et, comme si c'était un signal, le silence se fit.

– Je vous ai conviés ici ce soir, reprit le vicomte d'une voix forte et claire, parce que, à l'exception d'un seul, nous avons tous quelque chose en commun, c'est que nous avons servi, à une période ou une autre, dans le Dixième Dragons Légers, sous le commandement du général Shaldon.

Un léger murmure monta du groupe de ses auditeurs et le vicomte poursuivit :

– Sir Alexander était un grand homme et un homme juste et si nous avons eu souvent des raisons de le craindre, je crois qu'au fond du cœur nous l'avons toujours respecté et admiré.

De nouveau s'éleva un murmure d'approbation.

– Voilà pourquoi j'ai pensé que vous aimeriez être présents ce soir pour assister au mariage de la fille du général, miss Caryl Shaldon, et de sir Harvey Wychbold !

Sir Harvey laissa échapper une exclamation étouffée. Il se sentait comme changé en pierre.

Point de mire de tous les yeux il eut un instant l'impression qu'il avait mal entendu et devait se tromper.

Puis il comprit qu'il avait été très habilement pris au piège et qu'il n'avait aucun moyen – absolument aucun – de s'en sortir.

Il eut à peine le temps de penser qu'il avait été joué. Une autre porte s'ouvrait dans la salle et Caryl entra au bras de lord Ravenscar.

Elle portait un long voile de dentelle blanche qui, au lieu de couvrir son visage, tombait jusqu'à terre, masquant sa robe, et elle tenait un gros bouquet de fleurs blanches qui dissimulait sa silhouette.

Ses yeux étaient baissés et ses cils formaient une ligne sombre sur ses joues pâles. Elle était ravissante avec ses cheveux blonds couronnés de fleurs d'oranger et seule sa main crispée sur le bras de lord Ravenscar trahissait sa nervosité.

Ils se dirigèrent vers le vicomte et sir Harvey se trouva automatiquement bien placé, puisqu'il se tenait à côté du vicomte quand il avait pris la parole.

Derrière la mariée et son cavalier s'avança un pasteur en surplis blanc, dont les médailles indiquaient qu'il était le chapelain du régiment.

Le vicomte s'écarta. Il régnait un silence absolu qui parut à sir Harvey sinistre et menaçant.

La cérémonie commença et il fut obligé d'accepter l'inévitable. Son cœur battait frénétiquement, un voile rouge masquait sa vue.

C'est l'instinct de conservation plutôt que l'orgueil qui lui fit articuler avec fermeté et distinctement les paroles requises.

La voix de Caryl était basse et tremblante.

Une alliance apparut comme par enchantement et sir Harvey la passa au doigt de Caryl, leurs mains furent unies par le chapelain et les dernières formules de la cérémonie du mariage furent prononcées.

Dès que la voix de l'officiant cessa de résonner, lord Ravenscar offrit son bras à Caryl et elle s'y cramponna de nouveau tandis qu'il la reconduisait vers la porte par laquelle ils étaient entrés.

Quand ils eurent disparu, sir Harvey jeta un coup d'œil autour de lui et constata que les invités s'étaient alignés sur deux rangs, laissant entre eux un étroit passage.

Nul besoin d'explications. L'intention était claire et il sut ce qu'on attendait de lui.

La tête haute, sans regarder à droite ni à gauche, il traversa la pièce et sortit.

Dans le vestibule, le maître d'hôtel lui présenta

son chapeau, un valet posa son manteau sur ses épaules et dehors un autre domestique l'aida à monter dans un fiacre.

C'était l'insulte finale et, en partant, sir Harvey comprit que non seulement il était vaincu mais que ses grandioses ambitions de devenir une personnalité de la haute société se trouvaient enterrées si profondément qu'il ne pourrait jamais les ressusciter.

Dans la pièce voisine de la salle où son mariage avait été célébré, Caryl se laissa tomber sur une chaise et cacha son visage dans ses mains.

Romara l'enlaça.

– Tout va bien, ma chérie. C'est fini. Tu es mariée, mais tu n'es pas obligée de le revoir !

– Il... il ne me le pardonnera jamais, dit Caryl d'une voix chevrotante.

– Pas plus que je ne lui pardonnerai, moi ! rétorqua Romara d'un ton ferme.

Lord Ravenscar vint à elles, une coupe de champagne à la main.

– Je pense qu'elle devrait boire avant que vous la rameniez à la maison, dit-il à Romara.

Elle prit la coupe qu'il lui tendait et l'approcha des lèvres de Caryl.

– Non ! Cela me rappelle trop Harvey !

– Cela te fera du bien, insista sa sœur. Bois une ou deux gorgées et quand nous serons rentrées, tu mangeras quelque chose.

Caryl secoua la tête, puis demanda d'une voix tremblante de crainte :

– Où vas-tu m'emmener?

– Tu viens avec moi chez lord Ravenscar.

– C'est la maison voisine de la sienne, murmura

Caryl. Et si Harvey me voit? Il est capable de me battre pour ce que je lui ai fait.

– Vous n'y resterez que ce soir, expliqua lord Ravenscar. Demain, je vous conduirai, vous et votre sœur, à ma maison de campagne. Vous y serez en sécurité, je vous le garantis.

Sa voix profonde et le calme avec lequel il s'exprimait eurent l'air de chasser pour un moment la peur qui étreignait Caryl.

– J'en serai ravie, parvint-elle à dire et Romara l'aida à se lever.

Encadrée d'un côté par sa sœur et de l'autre par lord Ravenscar, Caryl sortit de la pièce et s'engagea dans un couloir aboutissant à une autre porte que celle par où sir Harvey s'en était allé.

Une voiture fermée attendait et, quand les deux sœurs y furent installées, lord Ravenscar demeura un instant à regarder la voiture s'éloigner.

Puis il se passa la main sur le front.

Que tout se fût déroulé comme prévu le soulageait plus qu'il n'aurait désiré se l'avouer.

Il avait combiné l'affaire dans ses moindres détails avec Anthony Garson, mais ils n'avaient pu éviter le risque que sir Harvey refuse catégoriquement d'épouser Caryl ou que, par un hasard imprévisible, il n'ait pas la possibilité d'accepter leur invitation à dîner.

A présent, songea lord Ravenscar, un problème au moins se trouvait résolu. L'enfant de Caryl ne naîtrait pas sans nom et Wychbold avait été traité comme il le méritait.

Restaient, songea-t-il en s'en retournant dans le couloir, ses propres problèmes à affronter.

Il avait dû faire un effort pour regarder la femme qui était désormais son épouse. On n'apercevait toujours pas grand-chose de son visage. Il la soupçonnait de garder le pansement pour qu'on ne voie pas les ecchymoses jaunes et violettes qui entouraient son œil.

La balafre de sa bouche était presque guérie et ses lèvres avaient désenflé, mais elle gardait constamment la tête baissée et lord Ravenscar se rendait compte qu'il ignorait complètement à quoi elle pouvait bien ressembler.

Il ne pouvait que l'espérer aussi jolie qu'avait dû l'être sa sœur avant que la conduite cruelle et méprisable de Wychbold la transforme en paquet de nerfs.

En arrivant au bout du couloir, lord Ravenscar entendit le brouhaha des conversations et des rires des invités du vicomte et il se dit qu'il avait au moins un atome de consolation : Romara avait une jolie voix.

Il avait toujours détesté les femmes à la voix rauque, dure ou perçante et le timbre de Romara avait quelque chose de musical.Quand elle s'adressait à sa sœur, sa voix était empreinte de tendresse et de compassion.

« J'aurai toujours la ressource de fermer les yeux pour l'écouter », conclut intérieurement lord Ravenscar avec résignation.

Puis il ouvrit la porte et rejoignit ses amis.

Quand elles furent de retour à Curzon Street, Mrs Fellows aida Caryl à monter à l'étage et la conduisit dans une chambre voisine de celle de Romara.

– J'ai préparé votre lit, m'lady, annonça-t-elle. Une bonne nuit de sommeil, voilà ce qu'il vous faut et tout vous semblera aller mieux demain.

Caryl n'avait cessé de pleurer dans la voiture

pendant le trajet et elle était trop malheureuse et abattue pour répondre.

– Ne t'inquiète pas, ma chérie, tout est arrangé maintenant, déclara sa sœur. Je vais m'occuper de toi et nous allons vivre tranquillement ensemble.

Ce disant, elle se demanda si c'était bien vrai – car elle n'en avait pas discuté avec lord Ravenscar.

Il ne souhaiterait peut-être pas avoir Caryl avec eux de façon permanente, bien qu'elle fût persuadée qu'il ne désirerait pas non plus rester en tête à tête avec son épouse.

Elle n'en était pas moins obligée de convenir qu'il s'était montré extrêmement gentil.

Quand il lui avait expliqué au dernier moment ce qui était prévu, et dit qu'ils iraient chercher Caryl dans la maison voisine dès que la voiture emportant sir Harvey serait hors de vue, elle s'était exclamée :

– Comme c'est astucieux ! Comment avez-vous eu une idée aussi fantastique?

Étant donné les circonstances, il serait presque impossible à sir Harvey de faire une scène qui, en déprimant Caryl, la déciderait peut-être à ne pas épouser un homme aussi réticent.

– Vous n'avez qu'à habiller votre sœur de façon à ce qu'elle soit aussi séduisante que possible, avait conclu lord Ravenscar. Elle ne voudra naturellement pas que les personnes présentes se doutent de son état.

Romara avait rougi, puis demandé d'une petite voix éteinte :

– Je... il n'est pas nécessaire que je voie qui que ce soit, n'est-ce pas? Ce serait gênant... aussi bien pour vous que pour moi.

– Agissez comme vous l'entendez. Rien de plus facile que de rester avec Caryl jusqu'à la dernière minute. Je la conduirai dans le salon où le vicomte l'attendra.

– Merci. Merci pour tout du fond du cœur.

Lord Ravenscar avait perçu la montée des larmes derrière l'accent de sincérité de sa voix et il avait vivement répliqué :

– Je parle franchement quand je dis que je ne peux pas tolérer qu'une fille de mon ancien commandant soit traitée avec une telle goujaterie. Nous sommes tous extrêmement fiers d'avoir servi dans un régiment aussi renommé.

– Je sais que mon père, s'il vivait, vous serait très reconnaissant, avait ajouté Romara à voix basse. Il aurait été horrifié d'avoir un homme pareil pour gendre, mais il était réaliste. Il aurait compris qu'à présent l'intérêt de Caryl est de se marier avec sir Harvey.

– J'en suis sûr, avait répondu lord Ravenscar. Et demain je vous conduirai l'une et l'autre à la résidence que j'ai à la campagne et je prendrai les dispositions nécessaires pour que votre sœur ait son enfant là-bas.

Romara ne put que lui prodiguer à nouveau ses remerciements. Puis elle s'occupa d'organiser l'introduction clandestine d'une toilette de noces pour sa sœur dans la maison voisine.

La femme de chambre de Caryl avait été assez soudoyée pour être prête à faire n'importe quoi. De plus, Romara en avait la conviction, elle était sincèrement attachée à sa maîtresse.

Dès que sir Harvey fut parti en compagnie de lord Windover, la voiture dans laquelle lord Ravenscar et Romara attendaient un peu plus loin dans la rue s'était avancée jusqu'à la porte de sir Harvey.

On aida Caryl à descendre le perron et à prendre place dans la voiture à côté d'eux.

Elle poussa une légère exclamation de joie en apercevant sa sœur, puis regarda lord Ravenscar avec appréhension.

– N'ayez crainte, la rassura-t-il. Tout est prévu et il n'y aura aucune difficulté.

– Vous en êtes vraiment sûr? Harvey est parti assister à une réception très importante. Ma camériste m'a dit que Mr Brummell sera présent.

– Mr Brummell a servi pendant deux ans dans le régiment de votre père. Il n'avait que seize ans quand le prince de Galles lui a donné un brevet de cornette.

– Je l'ignorais, murmura Caryl.

– Ce que je désire, avait repris lord Ravenscar en arrivant près de la demeure du vicomte, c'est que vous vous appuyiez solidement sur moi et que vous n'ayez pas peur.

– Je... j'essaierai, promit Caryl.

Pourtant, lorsqu'elle entendit les voix des hommes qui parlaient dans la salle voisine, elle devint si pâle que Romara crut qu'elle allait s'évanouir.

Lord Ravenscar, cependant, représentait pour elle un soutien précieux, Romara le savait, car Caryl se sentait toujours plus en confiance avec les hommes qu'avec les femmes.

– A présent, déclara-t-il comme la porte de la demeure s'ouvrait, pensez à votre père et imaginez que vous allez au combat avec lui.

Aucun autre encouragement n'aurait pu mieux stimuler Caryl, avait songé Romara.

Mais l'effort s'était révélé finalement épuisant et, maintenant qu'elle était couchée, Caryl sanglotait désespérément, la tête cachée dans l'oreiller.

Mrs Fellows tira Romara à l'écart.

– Je vais apporter à Sa Seigneurie un verre de lait chaud avec des fleurs de calament (1) pour la faire dormir, chuchota-t-elle. Dans son état, c'est mauvais de s'énerver à ce point-là.

Romara acquiesça d'un signe de tête et, peu après avoir bu le lait, Caryl s'endormit profondément.

Romara resta assise à son chevet jusqu'à ce qu'elle fût sûre que sa sœur ne se réveillerait pas avant le matin, puis elle regagna sa propre chambre.

Elle mourait d'envie d'apprendre ce qui s'était passé après leur départ et ce que sir Harvey avait dit.

Avait-il explosé en malédictions contre ceux qui l'avaient contraint au mariage? Ou était-il demeuré silencieux?

Lord Ravenscar était retourné à la réception et elle se dit qu'elle aimerait bien attendre qu'il revienne, tout en sachant que c'était impossible.

Elle imaginait sans peine à quel point cela l'horrifierait ! La dernière chose qu'il devait souhaiter était le genre d'épouse qui ne se couche pas pour attendre son mari et qui a envie de bavarder avec celui-ci quand il est fatigué !

Tout en se déshabillant, Romara se demanda avec angoisse ce qui allait advenir d'elle et de Caryl.

Comment aurait-elle pu se douter que des événements aussi pénibles, aussi spectaculaires, allaient soudain radicalement changer leur vie?

Elle se regarda dans le miroir pour examiner l'ecchymose orange et violet foncé qui s'étalait sur son œil et la moitié de sa joue.

(1) Genre de labiée médicinale. (N.d.T.)

Avec ses dons pour échafauder des plans et en organiser l'exécution, lord Ravenscar – elle en était convaincue – devait déjà être en train de réfléchir au moyen de se débarrasser d'elle !

La journée promettait d'être ensoleillée et très chaude, mais ils partirent de bonne heure. Caryl et Romara espéraient que sir Harvey dormirait et ne saurait pas ce qui se passait à côté de chez lui.

Lord Ravenscar avait proposé de voyager dans sa berline, ce qui permettrait d'aller plus vite et avec moins de secousses pour Caryl que dans un cabriolet.

Un landau devait suivre, transportant Mrs Fellows, qui les accompagnait à la campagne, le valet de chambre de lord Ravenscar et leurs bagages.

Une fois de plus, quelques pièces d'or avaient permis que tous les vêtements de Caryl soient empaquetés et apportés dans la demeure voisine. Ils se trouvaient maintenant dans le landau.

Une bonne nuit de sommeil avait revivifié Caryl et elle était la séduction même dans sa capote à haut bord nouée sous le menton avec des rubans bleus.

Romara n'avait rien d'autre à mettre que le sinistre chapeau noir porté pour venir à Londres, mais Caryl avait insisté pour faire ouvrir l'un de ses cartons à chapeau.

Une coiffure en fut sortie pour Romara qui drapa autour un voile de dentelle afin de dissimuler son visage.

– Tu ne vas pas t'embarrasser de ce pansement, il te donne un air sinistre ! s'était exclamée Caryl. Poudre abondamment ta meurtrissure et, avec le voile, personne ne verra ce qu'il y a dessous.

Le conseil était judicieux et Romara l'avait suivi.

Elle estimait peu convenable de mettre fin aussi vite au deuil de son père, mais préférait éviter de déprimer Caryl.

– Ce qu'il y a de bien, continua celle-ci avec entrain, c'est que tu vas pouvoir porter tous les vêtements que Harvey m'a achetés avant de... devenir si méchant et de se lasser de moi.

– Merci beaucoup, chérie, répondit Romara en songeant que sa sœur réussissait enfin à parler de Harvey sans fondre en larmes. Je n'ai apporté de chez nous que des habits de deuil et demander qu'on m'envoie mes robes de couleur risquerait de susciter une foule de commentaires.

– Tu l'as dit, acquiesça Caryl. Et mes nouvelles toilettes sont infiniment plus recherchées que celles que nous avions. (Elle poussa un léger soupir.) Au début je crois qu'Harvey voulait... parader. Il aimait que même des inconnus voient qu'il était en compagnie d'une jolie femme.

Romara en était convaincue. Elle n'imaginait pas sir Harvey désirant plaire à Caryl par pur altruisme. Un mobile égoïste avait sans doute présidé à sa générosité.

Bien que toujours obligée de dissimuler son visage, Romara se sentait un peu plus sûre d'elle depuis qu'elle avait supprimé ce pansement encombrant qui lui tenait chaud.

Elle savait pourtant qu'elle n'était pas belle à voir et ne souhaitait nullement que lord Ravenscar la regarde de près.

Il n'avait d'ailleurs pas l'air d'en être tenté et elle était persuadée qu'il était presque aussi gêné qu'elle de son aspect.

C'est donc avec soulagement, comme ils sortaient de Londres, qu'elle l'entendit déclarer :

– Quand je vous aurai installées à Raven House, j'espère que vous ne m'en voudrez pas si je repars aussitôt pour Londres. Je me suis engagé de longue date à me rendre à un dîner que le prince offre à des personnalités politiques, à Carlton House, et je pense qu'il serait extrêmement mécontent que je me décommande au dernier moment.

– Je ne veux en aucun cas être une cause de dérangement, dit Caryl, tandis que Romara s'exclamait :

– Bien sûr qu'il faut que vous y alliez ! C'est une bonne chose que le prince s'occupe sérieusement de politique, même les journaux le disent.

– Son Altesse Royale est ravie que ses amis soient arrivés au pouvoir, reprit lord Ravenscar, et le prince commence à exercer réellement quelque influence.

– Est-ce vrai, demanda Romara, que le nouveau gouvernement a été surnommé le « Ministère de tous les talents »?

– C'est ce que ses membres aiment à penser d'eux-mêmes, répliqua lord Ravenscar en souriant, mais vous savez bien qu'il leur reste à le démontrer au pays.

Ami du prince, il avait la conviction que la situation s'améliorait non seulement sur le plan politique mais aussi pour le prince lui-même. Ce dernier avait été longtemps extrêmement impopulaire et incompris. Il avait maintenant une chance de prouver sa compétence et son intelligence et – pour reprendre les termes de Thomas Chevening, qui se considérait comme le chef du parti whig – de devenir un « grand politique ».

Une douzaine de questions vinrent à l'esprit de Romara qui s'intéressait depuis toujours à la politique. Elle aurait aimé les poser à lord Ravenscar mais elle craignit de l'ennuyer.

Son père avait coutume de dire : « Les hommes détestent parler quand ils conduisent » et elle tint donc sa langue. Cela ne l'empêcha pas de jouir de la vitesse à laquelle ils voyageaient, de la perfection de l'attelage composé d'alezans bien assortis, et de la beauté du paysage pittoresque.

Le comté de Huntingdon, où elles avaient passé toute leur vie, était plat et assez monotone tandis que dans le comté de Buckingham, où était située la maison de lord Ravenscar, bois, collines, rivières et champs de blé doré abondaient.

Quand ils arrivèrent à Raven House et s'engagèrent dans la longue allée d'honneur, Romara regarda avec attention à travers son voile la demeure que possédait lord Ravenscar.

Avec son imposant portique en façade et ses ailes élégantes, elle était beaucoup plus belle que Romara ne s'y était attendue et le fond de verdure des arbres sur lequel elle se détachait, le lac qui s'étendait devant, en faisaient exactement le genre de gentilhommière dont Romara avait toujours rêvé.

Comme ils en approchaient, un vol blanc les croisa. Des colombes se posèrent sur des pelouses pareilles à du velours vert et qui descendaient en pente douce jusqu'au lac. Le soleil qui se reflétait sur les vitres de la demeure leur donnait un air chaud et accueillant.

Une foule de valets s'empressa autour d'eux, les aidant à descendre de voiture, et quand ils entrèrent dans le vestibule un majordome en livrée rutilante s'avança pour dire :

– Bienvenue à vous, m'lord. Permettez-moi, au nom de tout le personnel, de féliciter Votre Seigneurie pour son mariage et de présenter à vous-même et à Sa Seigneurie nos vœux de bonheur les plus chaleureux.

– Merci, Matthews, répondit lord Ravenscar. Comme je vous en ai prévenu par le groom que je vous ai envoyé, la sœur de Sa Seigneurie, lady Wychbold, est souffrante et je pense qu'elle sera désireuse de se rendre immédiatement dans sa chambre.

– Certainement m'lord. Et le déjeuner sera servi quand Votre Seigneurie le désirera.

Romara fut reconnaissante à lord Ravenscar de s'être aperçu de l'état de faiblesse de Caryl.

Pendant la fin du parcours, elle avait gardé les yeux fermés et la gaieté dont elle avait fait preuve au début du voyage s'était envolée.

A présent, elle avait l'air vraiment malade.

Une gouvernante survint pour aider Romara à soutenir Caryl jusqu'en haut du vaste escalier sculpté.

Romara fut heureuse en voyant que leurs chambres se trouvaient au premier étage.

Elle-même devait dormir dans la chambre d'apparat qui était celle des châtelaines depuis plusieurs siècles. Caryl avait la chambre voisine.

Lorsqu'elle fut couchée, Caryl dit d'une voix faible :

– J'ai... une... douleur !

Romara regarda d'un air interrogateur Mrs Fellows qui les avait maintenant rejointes et celle-ci dit à mi-voix :

– Je crois, m'lady, que nous devrions envoyer chercher un médecin.

– Alors voulez-vous prier Sa Seigneurie de s'en occuper? répondit Romara.

Cette tâche lui incombait, elle le savait, mais elle

ne se sentait pas le courage d'affronter lord Ravenscar.

Elle ne tenait pas à lui montrer son visage et se sentait gênée de le mettre encore à contribution après tout ce qu'il avait déjà fait pour elles.

Très rapidement, tout le monde comprit que le bébé de Caryl n'allait pas tarder à naître.

4

– Dîneras-tu avec moi demain soir? demanda le vicomte.

– Demain, répondit lord Ravenscar, je crois que je devrais me rendre à Raven House. Il y a trois semaines que je n'y suis pas allé et le prince va s'absenter quelques jours.

– Ton devoir t'appelle à la campagne, en effet, dit le vicomte en souriant.

Sentant que son ami ne désirait pas s'appesantir sur ce sujet, il parla d'autre chose.

Lord Ravenscar éprouvait effectivement des remords d'avoir trouvé une douzaine d'excellents prétextes pour ne pas retourner à Raven House. Il en était parti alors que Caryl était en train d'accoucher.

Par son intendant, Mr Arkwright, qui le tenait constamment au courant de ce qui se passait dans son domaine, il avait appris que Caryl avait donné le jour à un fils.

Il se demandait si sir Harvey serait heureux de savoir qu'il avait un héritier, mais il n'avait pas l'intention de l'en informer lui-même. Il était bien certain que sir Harvey l'apprendrait d'une manière ou d'une autre.

Du point de vue de Caryl, la société mondaine

devait ignorer que la jeune femme avait eu un enfant si vite après son mariage.

Lord Ravenscar avait envoyé lui-même à *La Gazette de Londres* le faire-part annonçant que le mariage avait été célébré de façon à assurer le statut légal de celui-ci.

Après quoi il s'était métaphoriquement lavé les mains de l'affaire, avec l'espoir de ne plus jamais revoir sir Harvey.

Il se trouvait très occupé auprès du prince de Galles qui, s'étant plaint d'avoir été insuffisamment consulté lors de la formation du nouveau gouvernement, s'apercevait à présent que son influence était considérable, tant était grand le nombre de postes attribués à ses amis.

Il désirait être mis au courant, dans les moindres détails, de ce qui se passait à la Chambre des Communes et à la Chambre des Lords et, comme il comptait sur lord Ravenscar pour le renseigner quant à cette dernière, de longues conférences se tenaient à Carlton House presque tous les matins.

Quand le prince ne parlait pas politique, il se préoccupait de la conduite de son épouse.

La princesse Caroline s'était ralliée aux adversaires politiques de son mari, déclarant qu'elle était « fière de se dire Pittite » (1).

A Montague House, elle recevait lord Elwin qui avait été démis de ses fonctions de Grand Chancelier, le vicomte Castlereagh qui avait été ministre de la Guerre dans le cabinet Pitt, et Spencer Perceval qui avait donné sa démission de procureur général.

(1) William Pitt, dit le Second Pitt, né à Hayes (Kent) en 1759, fut l'âme des coalitions contre la France de 1793 à sa mort en 1806. Le présent roman se situe en 1807.

Lord Ravenscar avait appris que la princesse (1) les avait tous réunis à dîner pour décider des poursuites à intenter contre les ministres qui avaient entrepris au nom du prince une « enquête discrète » sur sa conduite.

Lord Ravenscar avait déconseillé au prince de réagir publiquement, ce qui aurait eu pour effet de faire naître des clans.

Il savait quelle cible la vie conjugale du prince offrait aux caricaturistes et aux échotiers et il ne pouvait s'empêcher de songer qu'il risquait de se retrouver dans la même situation.

Et si sa propre épouse bravait les convenances comme la princesse Caroline? Si elle le contrecarrait en tout et s'attachait à le ridiculiser en public?

Il se consola en se confortant dans l'idée que la fille de son général ne pouvait qu'être discrète et bien élevée.

Néanmoins la situation du prince lui démontrait dans quel pétrin il aurait pu se retrouver à la suite du coup de tête que lui avait inspiré son désir de prendre sa revanche sur Atalie.

« Il faut que je parle à Romara et que je mette les choses au point entre nous », conclut-il.

Peut-être, s'il lui donnait une somme suffisante, préférerait-elle vivre de son côté? Ce serait pourtant une situation aussi incommode pour lui que pour elle.

Un jour viendrait où il aurait besoin d'une épouse et il avait l'intuition que divers postes lui seraient

(1) Caroline de Brunswick (1768-1821) est célèbre surtout par ses démêlés avec son mari qui troublèrent la vie politique de l'Angleterre. (N.d.T.)

offerts tant à Londres qu'en province dès qu'on saurait qu'il s'était « rangé ».

Pour la première fois de sa vie, lord Ravenscar se sentait indécis et impuissant à maîtriser son destin.

Il avait toujours su ce qu'il voulait et s'était arrangé pour l'obtenir. Atalie avait été son premier échec sérieux.

Le seul fait de penser à elle lui fit éprouver un regain de la colère ressentie lorsqu'elle lui avait signifié son congé.

Il avait appris par des amis intimes d'Atalie qu'elle était restée muette de stupeur à la lecture du faire-part de son mariage dans *La Gazette.*

Elle n'avait à l'évidence jamais imaginé qu'une chose pareille puisse lui arriver.

Elle avait aussitôt annoncé ses fiançailles, mais cela n'empêcha pas leurs relations communes de se perdre en conjectures sur ce qui s'était passé.

Tous ceux qui avaient eu assez de cran pour le faire avaient interrogé lord Ravenscar sur sa femme. Il avait découvert la meilleure parade pour expliquer l'absence de Romara. Il annonçait qu'elle était en grand deuil.

– Je ne peux pas m'empêcher de penser, lui avait confié le vicomte un soir où ils dînaient ensemble, que le général serait content s'il savait que tu es son gendre.

– Il aurait certainement une réaction tout autre pour Wychbold, avait commenté sèchement Trent.

– Certes, mais tu as toujours été de ses favoris, avait repris le vicomte sur un ton pensif.

– Il ne l'a jamais montré quand j'étais au régiment. Je me rappelle m'être fait laver la tête à diverses occasions et cela n'avait rien d'agréable !

– Ah, ça ! Il faisait marcher son monde à la

baguette ! avait confirmé en riant le vicomte. N'empêche que les soldats étaient prêts à mourir pour lui... et nous aussi, je pense.

A la fin de la soirée, en se couchant, lord Ravenscar s'était surpris à grommeler :

« Elle est la fille du général. Alors pourquoi tant appréhender l'avenir? »

Il reconnaissait avoir peur de deux choses : que Romara se révèle aussi laide qu'elle avait paru l'être le jour de son mariage et qu'elle se conduise comme la princesse Caroline.

Car s'il n'aurait jamais voulu l'admettre, il était pourtant d'une sensibilité peu commune. Peut-être parce que, fils unique, il avait été contraint d'user plus largement de son imagination que les enfants dont les frères et les sœurs sont les compagnons de jeu.

Peut-être aussi à cause de son intelligence et de sa culture.

Quoi qu'il en fût, il ressentait profondément les choses et, pendant le trajet de Londres à son domaine campagnard, il s'absorba dans ses réflexions.

Il s'était délibérément abstenu d'annoncer à son intendant quand il arriverait, ne voulant pas s'obliger à quitter Londres à une heure fixe. Il pensait qu'il devait peut-être voir au dernier moment Charles Grey, un ami intime qui était devenu le vicomte Howick au mois d'avril et avait été nommé premier lord de l'Amirauté.

Toutefois Charles avait envoyé un message pour le prévenir qu'il serait retenu toute la matinée par un conseil de cabinet et lord Ravenscar s'était donc mis en route pour Raven House plus tôt qu'il ne l'avait prévu.

Il conduisait un nouvel attelage qu'il avait acheté au Tattersall la semaine précédente. Deux chevaux parfaitement assortis, d'un noir de jais avec une étoile blanche sur le front.

Ils étaient si exceptionnels que tous les hommes se retournaient pour les regarder passer dans la rue, tandis que les femmes n'avaient d'yeux que pour leur conducteur.

Lord Ravenscar ne s'était pas aperçu de l'admiration qu'il suscitait. Il menait son attelage plus vite qu'à son habitude, comme s'il avait hâte de parvenir à destination.

En fait, il était désireux d'affronter ce problème qui traînait depuis trop longtemps dans son esprit comme un serpent endormi et il ne voulait plus retarder le moment de lui trouver une solution.

Après l'atmosphère étouffante de Londres, la campagne était fraîche et magnifique et lord Ravenscar se demanda pourquoi il ne passait pas plus de temps dans sa demeure ancestrale.

J'organiserai des chasses à tir en automne, décida-t-il – et une question s'imposa à son esprit : sa femme envisagerait-elle de tenir le rôle d'hôtesse auprès de ses amis?

Cette idée le hérissa et il songea qu'il ne devrait pas faire de projets avant d'avoir vu Romara et éclairci la situation.

Il arriva à Raven House vers midi et se dit que sa demeure était encore plus belle que de coutume.

Le jardin était une débauche de couleurs et il se souvint que sa mère adorait sa roseraie. Il n'avait vraiment apprécié qu'après sa mort les nombreuses améliorations qu'elle avait apportées au jardin et à la maison.

Raven House lui avait semblé horriblement vide quand elle ne fut plus là et c'est parce qu'il lui arrivait de souffrir de façon intolérable de son absence qu'il vivait presque exclusivement dans son hôtel de Curzon Street.

En entrant dans le vestibule, il se sentit nerveux et comme le majordome se hâtait au-devant de lui, se répandant en excuses de ne pas l'avoir accueilli sur le seuil, il dit :

– J'arrive plus tôt que je ne comptais. Où est Sa Seigneurie?

– Je pense que Sa Seigneurie est dans le salon bleu, m'lord. Irai-je voir?

– Non, j'irai moi-même.

Il avait répondu d'un ton sec. Il traversa le vestibule et ouvrit la porte du salon bleu qui avait été la pièce favorite de sa mère et qui donnait sur la roseraie.

Au premier coup d'œil, il crut la pièce vide, puis il aperçut une femme vêtue de blanc debout devant la fenêtre.

Elle lui tournait le dos et, en approchant, il constata qu'elle tenait un enfant dans ses bras.

Il pensa que ce devait être Caryl et se rappela qu'elle aussi, grâce à son astuce à lui, était « Sa Seigneurie ».

En arrivant à la hauteur de la jeune femme, il s'apprêtait à la saluer quand elle tourna la tête, l'ayant probablement entendu marcher.

Et lord Ravenscar se retrouva devant un visage qu'il n'avait jamais vu.

De forme ovale, avec un menton triangulaire, il était envahi par deux grands yeux entre lesquels il y avait un petit nez droit.

Pendant une seconde il se demanda qui pouvait

bien être cette ravissante inconnue puis, comme les yeux s'illuminaient et que deux lèvres rouges aux courbes séduisantes s'entrouvraient sur un sourire, il comprit que c'était son épouse !

– My lord ! s'exclama Romara. Nous ne vous attendions pas avant cet après-midi ! Mr Arkwright était certain que vous seriez retenu par vos amis politiques.

– Personne n'avait besoin de moi, alors je suis parti de bonne heure.

Sa réponse était machinale, car lord Ravenscar avait du mal à détacher ses yeux de Romara.

Caryl était jolie, avec ses cheveux blonds et ses yeux bleus, mais sa sœur avait une classe toute personnelle et il ne parvint pas, sur le moment, à définir ce qui donnait un tel caractère à sa beauté.

Comme si cet examen soutenu l'intimidait un peu, Romara baissa les yeux sur le bébé endormi dans ses bras et dit :

– Permettez-moi de vous présenter votre dernier invité. Son nom est Alexandre, mais je doute fort que nous l'appelions autrement qu'Alex.

Lord Ravenscar se força à regarder l'enfant qu'elle serrait contre elle.

– Il est bien petit, remarqua-t-il, sentant que l'on attendait de lui un commentaire.

– Il s'est un peu pressé d'arriver, mais il progresse. Il grandit tous les jours !

Une note de fierté vibrait dans sa voix et elle ajouta :

– Sa mère est folle de lui et en bien meilleure santé que je n'avais osé l'espérer.

– C'est ce que m'a dit Arkwright. En vérité, dans ses lettres il fait un tel panégyrique de cet enfant que je le soupçonne de regretter ses longues années de célibat.

Romara rit.

– Il faudra que nous lui trouvions quelqu'un avec qui se marier.

– Je serai très fâché si vous le faites ! se récria lord Ravenscar. Arkwright m'est indispensable comme intendant, régisseur, secrétaire, factotum et enfin comme ami.

– Et vous croyez qu'une femme bouleverserait tout cela?

Un silence s'établit, que lord Ravenscar rompit sur un ton tout différent.

– Même après avoir vu Caryl, je ne m'attendais pas à ce que vous soyez aussi jolie... belle est plutôt le mot qui convient !

Il vit les joues de Romara s'empourprer et fut conquis par la façon dont, soudain intimidée, elle détourna les yeux des siens.

Il avait l'habitude des femmes qui acceptent les compliments comme un dû, de leurs regards hardis, provocants, de leur désir non seulement de le captiver mais aussi de le capturer.

– Les ecchymoses ont disparu, dit Romara à mi-voix, mais malheureusement... j'ai encore une cicatrice sur la joue.

– Je la vois à peine, répliqua lord Ravenscar en toute bonne foi.

– C'est uniquement grâce à Mrs Fellows. Vous savez, elle m'a raconté que dans la région où elle est née, les gens croient que l'huile extraite du blé efface les cicatrices.

Elle sourit et une petite fossette se creusa dans sa joue quand elle ajouta :

– Nous avons écrasé et pilé une quantité du bon

grain de Votre Seigneurie, j'en ai peur, pour obtenir suffisamment d'huile, mais elle semble bien avoir été efficace.

– Peut-être devrions-nous considérer cette cicatrice comme le résultat d'une blessure glorieuse reçue au combat.

– Ce n'est pas un combat dont j'aime à me souvenir.

Le bébé émit un petit bruit et Romara ajouta :

– Il faut que je rapporte Alex à sa mère. Nous sommes restées au jardin un moment mais maintenant Caryl est montée s'étendre. Le médecin recommande qu'elle prenne beaucoup de repos.

– Il a raison, mais j'espère que vous pourrez déjeuner avec moi, dit lord Ravenscar.

– J'en serai enchantée.

Elle lui sourit et quitta le salon avec grâce.

Il avait l'impression de manquer d'air et sortit sur la terrasse pour contempler la roseraie.

Comment aurait-il pu rêver d'avoir une chance pareille? Ayant épousé une femme qu'il croyait la plus laide de Londres, il avait la chance inouïe de découvrir qu'elle n'était pas une prostituée, comme cela aurait si aisément pu se révéler le cas, mais la fille de son général.

Deuxièmement, et c'était peut-être encore plus important, elle était très belle et d'une beauté peu courante, pour ne pas dire unique.

Son euphorie s'épanouit encore pendant qu'ils déjeunaient. Ils discutèrent principalement de politique, sujet sur lequel il s'aperçut que Romara était étonnamment bien informée.

Elle lui expliqua que son père s'était toujours intéressé à la politique et que lorsqu'il était souffrant elle lui lisait tous les comptes rendus des débats parlementaires publiés par les journaux.

Il aimait ensuite en commenter les divers aspects et attendait d'elle une appréciation personnelle, dût-elle différer de son avis à lui.

Lord Ravenscar se trouva donc en train de relater ce qui s'était passé au Parlement et dans bon nombre des conférences auxquelles il avait participé.

Il lui parla aussi de certaines choses qui lui avaient été rapportées confidentiellement par ses amis, tel le comte Spencer, qui était devenu ministre de l'Intérieur.

Romana écoutait ce qu'il lui racontait avec un intérêt non déguisé et lui posait tant de questions intelligentes qu'il découvrit avec surprise à quel point ils s'étaient attardés à table.

En se levant, elle s'excusa :

– Je vous ai retenu, je le crains, et empêché de faire ce que vous aviez sans doute prévu. J'en suis navrée, mais c'est tellement passionnant de parler à quelqu'un qui peut m'apprendre ce que j'ai toujours désiré savoir.

La pensée qu'Atalie ne s'était jamais intéressée à la politique et, pour tout dire, à rien sinon à elle-même, traversa l'esprit de lord Ravenscar.

– A quoi aviez-vous l'intention d'occuper votre après-midi? demanda-t-il.

– Je me proposais d'aller à la ferme des Weston.

Lord Ravenscar eut l'air surpris et elle expliqua vivement :

– Mr Arkwright m'a annoncé que Mrs Weston est souffrante, alors je voulais lui apporter du bouillon et quelques fleurs que j'ai cueillies ce matin.

Elle s'interrompit, un peu embarrassée, puis ajouta :

– Je crois en réalité qu'elle a dit à Mr Arkwright avoir grande envie de me voir.

Lord Ravenscar rit.

– Je suis certain en effet que tous les tenanciers grillent de curiosité à votre sujet.

– Je n'ai pu rendre visite à personne tant que mon visage n'était pas guéri, mais j'espère les rencontrer tous... c'est-à-dire... si vous êtes d'accord.

Elle lui jeta un coup d'œil anxieux comme si elle s'attendait à le voir répliquer qu'il ne souhaitait pas la voir nouer des relations amicales avec ses fermiers, mais lord Ravenscar répondit calmement :

– Je suis sûr que je peux me fier à vous pour faire ce qui convient.

Les yeux de Romara lui parurent s'illuminer.

– La fermière à qui j'ai rendu visite hier a parlé d'une façon charmante de votre mère. Elle devait être quelqu'un de merveilleux. J'ai appris que tous les gens du domaine l'aimaient.

– Et elle les aimait tous.

Romara sortit de la salle à manger et se dirigea vers le salon. Elle ne ressemblait à aucune des femmes que lord Ravenscar avait amenées à Raven House, ou même à aucune des femmes qu'il avait fréquentées à Londres. Elle paraissait « dans son cadre ».

L'idée inattendue lui vint que la maison l'avait acceptée. A haute voix, il déclara :

– Pourquoi vous embarrasser du bouillon? Quelqu'un d'autre pourrait s'en charger et nous irions ensemble à cheval à la ferme. Je voulais demander à Weston quelles récoltes il prévoit pour l'année prochaine. George Spencer estime qu'il faudra fournir une plus grande quantité d'aliments si nous devons mener la guerre un certain temps.

– Le conflit ne sera pas long, n'est-ce pas? interrogea Romara qui poussa un petit soupir et ajouta : Je suppose, au fond, que personne n'est assez fort pour vaincre Napoléon.

– Nous finirons par le battre, répliqua lord Ravenscar avec assurance, mais ce ne sera pas facile et la victoire n'est pas pour demain.

– J'ai le cœur serré à l'idée que des hommes sont tués et qu'il y a tant de souffrances sur le continent.

– La guerre implique toujours des souffrances.

Romara ne répondit rien. Puis, comme pour essayer de chasser l'accès de tristesse qu'avaient fait naître les paroles de lord Ravenscar, elle demanda :

– Puisque nous partons à cheval, je vais me changer?

– Je commanderai les chevaux pour qu'ils soient prêts dans une demi-heure.

– Il ne me faut pas si longtemps ! Mais je dois d'abord dire à Caryl où nous allons.

A sa façon de s'élancer dans l'escalier, lord Ravenscar comprit qu'elle se faisait une fête de leur promenade.

Quand, une demi-heure plus tard, ils traversèrent le parc en direction de la ferme des Weston, distante d'environ trois kilomètres, il devina à ses yeux lumineux et à son sourire que Romara était contente.

– Vous montez à merveille ! dit-il quand ils ralentirent l'allure après un bref temps de galop.

– Vous n'auriez pas pu me faire un plus beau compliment.

– Je suppose que j'aurais dû m'y attendre, puisque vous êtes la fille du général. Il a toujours été excellent juge en matière de chevaux.

– Il se montrait très difficile pour les chevaux qu'il

montait et j'ai eu des bêtes de race à ma disposition même quand j'étais petite.

Elle sourit légèrement à l'adresse de lord Ravenscar en ajoutant :

– Ils étaient bons mais pas autant que les vôtres. Je suis enthousiasmée par tous ceux que j'ai vus dans vos écuries.

– Je vous emmènerai un de ces jours voir mes chevaux de course, promit lord Ravenscar. En ce moment, j'en ai quelques-uns à l'entraînement à Newmarket et d'autres à Epsom.

– J'en serai ravie ! Combien de courses importantes avez-vous gagnées?

Ils continuèrent à parler chevaux tout le long du chemin jusqu'à la ferme.

Lord Ravenscar fut sensible à la façon aimable et familière dont Romara s'entretint avec le fermier et sa femme, et à son air d'être parfaitement à l'aise avec eux, exactement comme sa mère.

Au moment où ils s'apprêtaient à s'en aller, Mrs Weston, qui était clouée sur un divan et incapable de se lever, retint dans les siennes la main de lord Ravenscar.

– Je veux souhaiter à Votre Seigneurie tous les bonheurs, dit-elle. Même si j'ai compris que vous aviez de la chance dès que j'ai vu la jolie dame que vous avez prise pour femme. Juste comme votre mère, qu'elle est. Y a pas à se tromper sur leur ressemblance, sa façon de parler, les choses qu'elle dit. Cela me réchauffe le cœur de vous voir tous les deux ensemble !

Lord Ravenscar, qui connaissait Mrs Weston depuis sa tendre enfance, la remercia.

Sur le chemin du retour, il ne put s'empêcher de se demander si Atalie ou une autre de ses relations aurait conquis le cœur de ces vieux paysans d'une façon aussi charmante.

A leur arrivée, Mr Arkwright se présenta pour régler d'innombrables problèmes concernant le domaine et Romara se retira discrètement, les laissant seuls.

Lord Ravenscar ne la revit qu'au dîner. Tout en s'habillant, il se rappela qu'il avait décidé de venir à Raven House parce qu'il voulait discuter de leur avenir avec Romara.

A présent, il se demandait ce qu'il y avait à discuter.

Elle s'était intégrée à Raven House d'une manière à laquelle il ne s'était pas attendu. Les projets ne pressaient plus, mieux valait laisser les choses en l'état.

Tandis que son valet de chambre l'aidait à se changer, il se surprit à attendre cette soirée avec impatience et à se remémorer une ou deux anecdotes intéressantes sur le monde politique qu'il pensait propres à faire rire Romara.

Elle était déjà dans le salon quand il descendit de sa chambre. Il remarqua qu'elle avait revêtu une robe très seyante et sûrement fort coûteuse.

Elle dut deviner ce qu'il pensait car elle dit en rougissant légèrement :

– Vous jugez peut-être bizarre que je ne porte pas le deuil de papa, mais j'ai craint que cela ne déprime Caryl et c'est pourquoi j'ai mis une de ses robes. Cela m'ennuyait d'envoyer chercher les miennes à la maison.

– Je trouve cela très judicieux, mais il faut que vous achetiez tout ce dont vous avez besoin. C'est une des choses dont j'avais l'intention de vous parler ce soir.

– J'ai de l'argent, répliqua vivement Romara. Papa m'a légué tout ce qu'il possédait. Cela ne représente pas des sommes colossales... comme il le disait toujours : « Les soldats ne peuvent pas mettre d'argent de côté. » (Elle marqua un temps.) Toutefois, il n'a rien laissé à Caryl parce qu'il était furieux qu'elle se soit enfuie avec sir Harvey.

Romara regarda lord Ravenscar avec un peu d'anxiété, redoutant qu'il soit contrarié de ce qu'elle voulait lui dire et poursuivit avec un effort visible :

– Je désire... si vous êtes d'accord... partager équitablement avec Caryl ce que mon père m'a légué.

Elle craignait manifestement sa réaction.

C'est qu'elle savait que, du point de vue légal, puisqu'ils étaient mariés, il avait la haute main sur tout ce qu'elle possédait et aurait déjà dû prendre langue avec les hommes de loi chargés de la succession du général.

– Que ceci soit bien clair entre nous, Romara, déclara lord Ravenscar. Quelle que soit la somme que votre père vous a laissée, c'est votre propriété personnelle et, en ce qui me concerne, vous pouvez en faire ce que vous voulez. Vous êtes mon épouse et en tant que telle je vous donnerai une allocation convenable pour vos vêtements et autres dépenses.

– Non, je vous en prie, il ne faut pas, protesta aussitôt la jeune fille.

– Et pourquoi pas?

– Vous vous êtes montré si bon, si compréhensif... je ne peux rien accepter de plus.

– Quel argument ridicule ! Bien sûr qu'il vous faut de l'argent et c'est une des questions que nous devons régler ensemble.

Elle le dévisagea comme si elle cherchait une raison à sa générosité. Puis elle murmura :

– Je pensais que peut-être, quand Caryl serait à peu près rétablie, vous aimeriez que... nous retournions dans le comté de Huntingdon.

– Je ne souhaite nullement que vous fassiez une chose pareille ! protesta lord Ravenscar.

Et il fut surpris lui-même de s'entendre parler avec une telle énergie.

Ils dînèrent seuls parce que, comme l'expliqua Romara, Caryl suivait les instructions du médecin et ne quittait pas encore sa chambre pour le repas du soir.

– J'avais espéré que Caryl voudrait vous voir et ferait un effort, mais je crois en réalité qu'elle est gênée.

– Gênée? s'étonna lord Ravenscar.

– Elle est terriblement confuse d'avoir causé tant de dérangement et d'avoir eu son enfant si vite après notre arrivée.

– Moi, cela ne m'a pas dérangé.

Il le dit sur un ton tel que Romara ne put retenir un éclat de rire.

– Caryl est embarrassée d'avoir mis votre maisonnée à contribution dès qu'elle est entrée chez vous. En fait, tout le monde raffole d'Alexandre et s'il reste longtemps ici je crains fort qu'il ne soit horriblement gâté.

– Il peut rester ici aussi longtemps que vous le désirerez et cela vaut pour sa mère.

– Vous êtes très gentil, je ne sais que dire, murmura Romara.

– Pourquoi ne pas vous en remettre à moi pour tout? proposa-t-il. Je suis sûr que, chez vous, les décisions étaient prises par votre père. Eh bien, j'aimerais faire de même chez moi.

– Vous voulez vraiment que... nous restions?

Lord Ravenscar remarqua la pause légère avant le mot « nous » et comprit qu'elle avait été sur le point de dire « je ».

– Quand la Saison aura pris fin et que le prince de Galles sera à Brighton, où il a l'intention d'aller, je reviendrai ici. Nous aurons alors le temps de parler de nous, Romara. Pour le moment, j'ai constaté que vous êtes l'une et l'autre heureuses et en bonne santé et il faut que vous me pardonniez si je repars demain matin pour Londres.

– Certes, répondit-elle vivement.

Ils abordèrent une foule de sujets pendant le dîner. Romara lui raconta combien sa mère se sentait seule quand elle devait rester avec ses filles dans le comté de Huntingdon pendant que le général était à la guerre.

– Il n'aimait pas nous avoir avec lui, même quand le régiment restait en Angleterre et pourtant il aimait ma mère et ma mère l'adorait.

– Je suppose, dit pensivement lord Ravenscar, que c'est le genre d'union que vous envisagiez pour vous-même.

– Avec un soldat?

– Avec un homme qui vous aime.

Elle détourna la tête et son regard se perdit dans la pièce. Il contempla son profil et se dit que son petit nez droit était ravissant – une chance que le poing de sir Harvey ne l'ait pas cassé.

– Épouser celui qu'on aime de toute son âme est le rêve de toutes les femmes et elles imaginent que c'est ce qui se produira, finit par dire la jeune fille.

– Et c'est ce dont vous avez été frustrée.

Comme si elle se refusait à s'attarder sur ses propres ennuis, elle répliqua :

– Cela vaut également pour vous. Vous en êtes évidemment responsable, mais vous ne teniez sûrement pas à vous retrouver lié avec une inconnue, même s'il vous était impossible d'épouser la femme que vous... aimiez vraiment.

– Je me disais justement aujourd'hui que j'avais eu une chance inouïe. L'inconnue aurait pu être bien différente de vous et la façon stupide dont je me suis laissé dominer par ma colère risquait de ruiner ma vie entière.

Sa réponse rendit Romara songeuse.

En quittant la salle à manger, les domestiques avaient éteint les bougies sur la desserte, si bien que seules celles qui brûlaient dans le chandelier d'argent sur la table produisaient encore quelque clarté.

Romara et lord Ravenscar se trouvaient comme isolés sur une petite île, environnés d'une obscurité qui les coupait du monde.

La jeune fille était éclatante de beauté. Finalement, après être demeurée silencieuse un instant, elle leva les yeux.

– Vous êtes très aimable de dire cela, déclara-t-elle. Néanmoins je... je suis prête à faire tout ce que vous désirez, à m'en aller, à rester, à essayer, si possibilité il y a, de vous libérer.

– Il n'y en a aucune, répliqua lord Ravenscar. Nous avons été unis légalement et Josué Meeding a enregistré le mariage.

– Je me suis demandé si vous n'aviez vraiment aucun recours. J'ai l'impression qu'il doit exister un moyen.

– Vous pensez à vous ou à moi?

– Je pensais à vous, répondit Romara, et il sentit qu'elle disait la vérité. Vous avez tant à offrir à votre femme. Je ne parle pas seulement en terme de richesse ou de biens, je pense à votre intelligence...

Elle hésita avant de conclure :

– Et tout ce qui fait de vous ce que vous êtes.

– J'ai l'impression que vous me flattez.

– Non, pas du tout, protesta la jeune fille. De même que je voulais épouser quelqu'un que j'aimerais, je crois que parce que vous êtes différent de bien des hommes vous ne teniez pas à un mariage de convenance; un mariage qui apporte seulement des terres ou de l'argent. J'ai l'impression... ne pensez pas que c'est une impertinence de ma part... que la raison pour laquelle vous n'étiez pas encore marié est que vous n'aviez jamais trouvé votre idéal.

Lord Ravenscar se souvint de ce qu'il avait ressenti à l'égard d'Atalie. Elle avait été la première femme qu'il ait jamais songé à épouser.

– C'est vrai, répliqua-t-il, mais je me rends compte maintenant que ces idées-là sont puériles et bonnes tout au plus pour les gens romanesques.

– Non, il ne faut pas parler ainsi ! Si vous devenez amer et cynique à cause de ce qui s'est passé, cela vous changera.

– Aucune importance.

– Bien sûr que si ! s'écria-t-elle avec feu. Comment pouvez-vous laisser ruiner votre vie par quelqu'un qui, au fond, n'est pas digne de vous?

– Pas digne de moi? répéta lord Ravenscar d'une voix étouffée. Que savez-vous de la femme que je souhaitais épouser?

Romara rougit.

– Dites-le-moi ! insista-t-il. Je tiens à l'apprendre !

– Vous jugerez peut-être cela très mal élevé de ma part, répondit Romara d'une petite voix étranglée, mais Mrs Fellows qui vous connaît depuis votre enfance a bavardé avec moi et m'a raconté tant de choses sur vous.

– Et apparemment sur Atalie Bray, compléta lord Ravenscar.

Sans savoir pourquoi, il eut envie d'obtenir à toute force de Romara les renseignements recueillis par elle sur la femme qui avait été l'instrument de leur mariage.

– Peut-être n'aurais-je pas dû me montrer curieuse à son sujet, remarqua Romara avec un peu de confusion, mais je l'étais.

– J'attends toujours que vous me disiez ce que vous savez.

– Mrs Fellows m'a raconté que cette personne était belle, la plus belle qu'elle eût jamais vue.

– Est-ce tout?

– Ce qu'elle a dit d'autre risque de ne pas vous plaire.

– Que cela me plaise ou non, je tiens quand même à l'entendre.

– Elle... elle a dit que les domestiques bavardent et qu'elle avait appris sur miss Bray des choses qui lui faisaient penser qu'elle ne serait pas pour vous le genre d'épouse que vous devriez avoir.

Lord Ravenscar resta silencieux et Romara ajouta vivement :

– Il ne faut pas en vouloir à Mrs Fellows. Je n'aurais pas dû vous rapporter ce qu'elle a dit, mais elle vous adore. Elle a pour vous une dévotion totale et elle estime que vous êtes l'homme le plus merveilleux que la terre ait jamais porté !

Lord Ravenscar était stupéfait.

– Je crois que vous exagérez.

Romara secoua la tête.

– Tous les domestiques d'ici vous aiment parce qu'ils vous ont vu grandir et ils considèrent qu'en un sens vous êtes à eux comme eux sont à vous.

C'est ce qui fait que cette maison est si agréable.

Lord Ravenscar soupira.

– C'était vrai au temps où ma mère vivait, mais maintenant...

– Je crois que cette maison attend simplement que vous reveniez y habiter, la remettant ainsi entre les mains de la personne qui convient.

– Mrs Fellows et le reste du personnel pensent apparemment qu'Atalie Bray n'était pas « la personne qui convenait »?

– Mieux vaut que je ne réponde pas à cette question.

– Je tiens à ce que vous y répondiez, riposta d'un ton ferme lord Ravenscar. Vous en avez trop dit, vous ne pouvez pas vous arrêter en chemin. Dites-moi la vérité, Romara, et peut-être que cela m'aidera à faire preuve de plus de bon sens que par le passé.

Il était visiblement décidé à obtenir une réponse et Romara finit par expliquer à voix basse :

– Mrs Fellows et vos autres serviteurs qui ont été en rapport avec elle ont trouvé que miss Bray était égoïste et aussi qu'elle traitait les domestiques sans considération quand elle était seule avec eux. En fait... si vous voulez la vérité, ils la détestaient.

Lord Ravenscar était abasourdi.

Il n'avait jamais pensé, il s'en rendait maintenant compte, que les domestiques, toujours présents quand on a besoin d'eux, pouvaient avoir des sentiments aussi vifs, notamment envers lui.

Il comprit que s'il avait tout ce qu'il lui fallait et s'il était aussi bien servi par des gens loyaux et fidèles, c'est qu'il avait « hérité » des domestiques choisis par sa mère et que ceux-ci continuaient à suivre les traditions établies de son vivant.

L'idée lui vint subitement que lorsque ces vieux serviteurs auraient disparu, il lui serait difficile de leur trouver des remplaçants aussi compétents et dévoués.

– Je suis navrée que ce que j'ai dit puisse paraître... impertinent, reprenait Romara, mais vous avez exigé que je parle.

– Vous avez été franche avec moi, Romara, et j'espère que vous le serez toujours. S'il y a une chose qui me déplaît souverainement c'est bien qu'on me mente ou me trompe.

– Je le comprends aisément et ne vous mentirai jamais. Mais il n'est pas toujours nécessaire de proclamer la vérité. Comme disait ma nourrice : « Ce que l'on ne sait pas, on n'en souffre pas. »

Lord Ravenscar rit. Une question s'imposa alors pour la première fois à son esprit et il demanda :

– Arkwright a-t-il enfin trouvé quelqu'un pour s'occuper du bébé de votre sœur?

– Il n'y a pas eu à chercher loin, répondit Romara en souriant. La sœur cadette de Mrs Fellows, qui a été employée depuis toujours dans les nurseries des grandes familles n'a été que trop contente de revenir ici.

– De revenir? s'étonna lord Ravenscar.

– Elle était bonne d'enfant quand vous étiez au berceau.

Ils rirent à l'unisson et quittant la salle à manger, se rendirent ensemble au salon.

– Vous ne désirez pas de porto? demanda Romara.

– Je me surveille sur le chapitre de la boisson. Cela m'a joué assez de tours comme ça.

– Très sage de votre part !

Tout en parlant, elle le regardait d'un air

malicieux comme si elle était amusée par le soin qu'il prenait de lui-même.

Dehors, il faisait nuit. Les domestiques avaient allumé les chandeliers mais n'avaient pas tiré les rideaux devant la haute porte-fenêtre qui ouvrait sur la terrasse.

Romara sortit pour contempler la lueur rose derrière les grands arbustes du parc. Les derniers feux du couchant faisaient brasiller l'eau de la fontaine au centre de la roseraie.

– Comme tout est beau, murmura-t-elle.

– Je suis heureux que cette demeure vous plaise, puisqu'elle sera désormais la vôtre.

Lord Ravenscar avait conscience de ne pas prononcer des paroles de courtoisie. Il avait accepté l'idée que Romara fût son épouse. Chercher à dissoudre ce mariage ou à mener des vies séparées, il n'y pensait même plus.

Comme si elle comprenait sa pensée, elle le regarda avec gravité.

– La ligne de conduite que je désire vous voir adopter, reprit-il, vous la suivez déjà. Faites la connaissance de mes gens, les fermiers, les tenanciers, tous ceux qui ont affaire au domaine et quand votre sœur aura récupéré ses forces, vous et moi pourrons échafauder des plans pour son avenir. Mais qu'il soit entendu qu'elle sera toujours la bienvenue dans ma maison.

Romara esquissa un petit geste de la main comme pour le toucher avant de lui avouer :

– Parfois la nuit je me réveille subitement, terrorisée par l'idée qu'après ce que m'a fait sir Harvey je... je ne suis pas mariée avec vous mais avec une espèce de monstre dans son genre... ou pire.

– Vous êtes bien sûre que ce n'est pas ce qui s'est produit?

La question de lord Ravenscar dissipa le sérieux empreint sur le visage de la jeune fille.

– Certes, répliqua-t-elle d'une tout autre façon, je peux encore découvrir que vous êtes en réalité Barbe-Bleue déguisé et que vous avez caché dans la cave une douzaine de femmes décapitées ou que nanties encore de leur tête, elles sont emprisonnées au grenier !

– Cette recherche suffira sans doute à vous occuper jusqu'à mon retour.

– Vous me rendez bien difficile de vous répéter ce que je m'étais préparée à vous dire, murmura-t-elle.

– Et quoi donc?

– Principalement une profusion de remerciements et aussi que je suis disposée à disparaître de votre vie... si c'est ce que vous préférez.

– Vous savez maintenant que je ne préfère rien de la sorte, déclara-t-il d'un ton catégorique. Et même si je le préférais, vivre éternellement de cette façon serait impossible à vous comme à moi. Nous devons être réalistes, Romara, et nous résigner tous deux à faire contre mauvaise fortune bon cœur... pour autant que c'en soit une mauvaise.

– Je vous le répète, je suis prête à faire tout ce que vous voudrez.

– Je me demande si pareille soumission durera, déclara lord Ravenscar d'un air sceptique.

Elle savait qu'il voulait la taquiner et ses yeux pétillaient de malice quand elle répliqua :

– Seul le temps répondra pour vous à cette question.

– Très juste, commenta-t-il en souriant.

– Je vais vous dire bonsoir parce que je sais que

Mr Arkwright vous a laissé une grande quantité de lettres à superviser dans la bibliothèque, mais j'espère qu'il me sera possible de vous voir au petit déjeuner avant votre départ pour Londres.

– Je serai grandement déçu si vous ne me souhaitez pas bon voyage.

– Alors bonne nuit, my lord.

Romara plongea dans une révérence et, prenant sa main dans la sienne, lord Ravenscar la porta à ses lèvres.

Il ne lui baisa pas la main avec le geste superficiel habituel; ses lèvres se posèrent sur la peau satinée et s'y attardèrent un instant.

Romara retint sa respiration sous l'effet de la surprise, puis rentra d'un pas vif par la porte-fenêtre. Il se retrouva seul et resta à regarder la roseraie, se rappelant que lorsqu'il songeait à épouser Atalie il avait eu l'intention de l'y amener.

Il avait pensé que sa beauté se trouverait exaltée dans le cadre de la maison, des roses, des arbres mystérieux et du lac argenté.

Pendant un bref instant, quelque chose en lui pleura son rêve brisé.

Puis il se prit à songer combien la peau de Romara avait été douce sous ses lèvres.

5

Lord Ravenscar descendit déjeuner de bonne heure mais Romara n'était pas là et il avait pratiquement terminé quand elle entra dans la pièce.

– Bonjour, Romara, dit-il en se levant.

Il s'apprêtait à la taquiner sur son retard quand il aperçut son expression.

– Que s'est-il passé? demanda-t-il.

Elle s'approcha à pas lents de la table et s'assit, refusant d'un geste les mets que lui présentaient les domestiques, puis, comme ils se retiraient, elle expliqua :

– Une lettre est arrivée pour Caryl ce matin.

– Une lettre?

– Heureusement, j'étais avec elle quand on la lui a apportée. Elle allaitait le bébé et elle n'y a pas fait attention.

Romara tendit à lord Ravenscar l'enveloppe qu'elle avait dissimulée dans les plis de sa jupe et ajouta :

– Comme cette lettre avait un aspect officiel, je l'ai ouverte. Voyez vous-même son contenu.

Il comprit à la mine et au ton de la jeune fille qu'il s'agissait de quelque chose d'important et prit la lettre. Elle était adressée à Caryl et émanait d'un cabinet d'avocats.

En termes succincts, au nom de sir Harvey, c'était une sommation de réintégrer immédiatement le domicile conjugal avec Alexandre.

Lord Ravenscar songea qu'il aurait dû s'attendre à ce que sir Harvey eût cette réaction et poursuivit sa lecture :

Si Votre Seigneurie ne défère pas à cette requête dans un délai raisonnable, sir Harvey demandera aux tribunaux de lui donner la possession et la garde de son fils et prendra les mesures nécessaires pour prouver que la mère de l'enfant n'est pas une personne convenable et digne de s'en occuper.

Quand Romara vit que le regard de lord Ravenscar avait atteint le bas de la feuille, elle demanda d'une voix qui n'était guère plus qu'un murmure :

– Peut-il le faire?

– En toute franchise, je dois convenir que rien ne l'en empêche.

– Vous voulez dire qu'il ira devant les tribunaux déclarer que puisque Caryl a vécu si longtemps avec lui avant leur mariage c'est... une débauchée?

Elle avait eu de la peine à prononcer le mot, mais il était dit.

– C'est ce qu'il menace de faire, répondit lord Ravenscar à mi-voix.

Il était surpris que Romara ait compris si vite la situation. Laquelle, il le savait, était très grave.

L'épouse appartenait à son mari ainsi que ses enfants sur lesquels la loi lui donnait la puissance paternelle.

Sir Harvey avait donc parfaitement le droit de réclamer le retour de son épouse et un refus pouvait l'inciter à recourir à la justice en usant des arguments qu'il mentionnait.

De plus lord Ravenscar avait l'impression désagréable que, si sir Harvey se décidait à recourir à cet expédient, il gagnerait.

La loi était d'une totale partialité en faveur des hommes et qu'une femme soit accusée d'être une débauchée la condamnait d'office dès l'ouverture de la procédure.

Comme si elle avait deviné les réflexions qui traversaient son esprit, Romara lui demanda :

– De quelle parade disposons-nous? Oh, je vous en prie, aidez-nous ! Je suis sûre que vous trouverez une solution.

Lord Ravenscar aurait aimé avoir autant de confiance qu'elle dans ses propres capacités à découvrir un moyen de sortir de ce qui ressemblait fort à une impasse.

Romara avait l'air tellement désolée que, pour la consoler, il lui répondit :

– Je vous promets d'aller consulter mes avocats dès mon arrivée à Londres. Ils sont considérés comme les meilleurs de Lincoln's Inn.

– Oh, merci. Je suis vraiment navrée de vous déranger encore mais si quelqu'un peut nous tirer de là, c'est bien vous !

Elle s'était penchée vers lui en parlant.

A voir ses yeux inquiets où brillaient des larmes, son visage pâle et ses lèvres tremblantes, lord Ravenscar ressentit brusquement l'envie de l'attirer à lui et de l'embrasser.

Cette impulsion était si forte qu'il eut beaucoup de mal à détourner les yeux en répliquant avec brusquerie :

– Remettez-vous-en à moi et tâchez de ne pas vous inquiéter. Vous avez eu raison de ne pas parler de cette lettre à Caryl.

– Si elle perdait Alexandre, je crois qu'elle en mourrait, murmura Romara.

– Je vais faire tout ce qui est en mon pouvoir pour que cela ne se produise pas ! promit lord Ravenscar.

Comme il parlait, Mr Arkwright entra dans la salle à manger et, ne tenant pas à ce que son intendant sache qu'ils avaient des ennuis, lord Ravenscar demanda sur un ton différent :

– Qu'avez-vous projeté pour aujourd'hui?

– Je pense que nous resterons simplement assises dans le jardin, mais je regretterai de ne pas me promener à cheval avec vous.

– Je le regretterai aussi, assura lord Ravenscar en tendant la main vers les papiers qu'avait apportés Mr Arkwright.

– Si vous voulez avoir l'obligeance, my lord, de les faire transmettre à vos avocats, dit ce dernier, ils seront estampillés et enregistrés.

– Je les leur porterai moi-même, décida lord Ravenscar. Je compte passer à leur cabinet, de toute façon.

Il se douta que cette nouvelle raison de se rendre à Lincoln's Inn faisait plaisir à Romara, laquelle avait ainsi moins l'impression d'abuser de sa gentillesse.

Mr Arkwright quitta la pièce et lord Ravenscar se leva.

– Plus vite j'arriverai à Londres, mieux cela vaudra ! Prenez soin de vous. Je n'aime pas vous savoir triste.

– Je me sens beaucoup mieux maintenant que je vous ai mis au courant, dit Romara avec franchise.

Ils se rendirent côte à côte dans le vestibule. Devant la porte attendait le phaéton avec son nouvel attelage noir de jais.

En bas du perron, lord Ravenscar prit la main de

Romara et la porta à ses lèvres sans pourtant la baiser de la même façon que la veille au soir. La jeune fille le sentit presser fermement ses doigts comme pour la rassurer.

Puis il monta sur le siège du conducteur et quand il souleva son chapeau les chevaux avançaient déjà sur l'aire de gravier devant la maison.

Romara le regarda s'éloigner; lorsqu'il fut hors de vue, elle poussa un léger soupir et gravit l'escalier pour rejoindre Caryl à l'étage.

Que tant de problèmes et de difficultés aient surgi depuis qu'elle s'était rendue à Londres sur la requête de sa sœur lui paraissait invraisemblable. Elle se demanda ce qui se serait passé si lord Ravenscar ne s'était pas trouvé à point nommé pour les aider.

Alexandre serait né sans nom, tout d'abord. Et Caryl aurait risqué d'en mourir puisque sir Harvey ne lui avait pas permis de faire le moindre préparatif pour cette naissance.

Penser de quelqu'un une chose pareille était affreux mais Romara avait la conviction que sir Harvey était prêt à tout pour arriver à ses fins.

Voilà pourquoi elle avait tellement peur et pourquoi elle s'attendait à le voir utiliser n'importe quel moyen pour prendre possession de son fils.

« Oh, mon Dieu, je vous en supplie, faites que lord Ravenscar nous aide ! » pria-t-elle intérieurement.

Et, se forçant à sourire, elle entra dans la nursery, où Caryl se trouvait avec Alexandre.

Une semaine s'était écoulée quand lord Ravenscar revint, si tard que Romara était déjà couchée.

Il avait compté partir de bonne heure mais avait été retenu. La soirée était déjà avancée quand il avait quitté Londres.

Il regrettait de ne pas pouvoir parler à Romara le soir même comme il l'avait souhaité. Il avait beaucoup d'informations à lui communiquer, toutes, hélas, peu agréables.

Ses avocats, hommes d'expérience réputés les plus sérieux de Londres, avaient pris contact avec les conseils de sir Harvey pour découvrir qu'ils « se heurtaient à un mur ».

« J'ai cru comprendre, my lord, que le gentleman en question est très obstiné et très peu décidé à négocier comme nous l'avions espéré. »

Lord Ravenscar s'était attendu à ce genre de compte rendu mais l'entendre formuler aussi crûment lui assena un coup. Il comprit alors qu'en lui fermant les portes de la haute société il s'était privé d'un atout de nature à fléchir sir Harvey.

L'argent n'était pas un argument de valeur pour un homme aussi riche et l'humiliation que le vicomte et ses amis lui avaient infligée après le mariage, leur avait fait perdre toute chance de rendre sir Harvey plus conciliant.

Lord Ravenscar ne put s'empêcher de penser que sir Harvey, tout en forçant Caryl à se soumettre, cherchait aussi à lui être désagréable à lui-même. Sir Harvey savait sûrement qui avait organisé son mariage avec Caryl et devait se douter que des relations avaient été établies entre ses gens et ceux de son voisin.

Lord Ravenscar avait prié ses avocats d'effectuer de nouvelles démarches, puis avait décidé de mettre Romara au courant des derniers développements de la situation.

Il était conscient de l'anxiété qu'elle devait éprouver et ne parvenait pas à chasser de son esprit la confiance qu'il avait lue dans ses yeux quand elle l'avait regardé au petit déjeuner.

« Il faut que je trouve un moyen de l'aider », s'était-il dit en poussant ses chevaux pour arriver à Raven House le plus vite possible.

Malgré cela, la maison était plongée dans l'obscurité quand il l'atteignit et il apprit que Romara était partie se coucher.

En se déshabillant, il s'avisa qu'en ouvrant la porte de communication avec la chambre voisine, il serait auprès d'elle.

Somme toute, ils étaient mariés et il n'y avait rien de répréhensible à se rendre à ses côtés.

Mais il songea qu'elle en serait peut-être choquée ou intimidée et que cela risquait de compromettre l'amitié qui s'était nouée entre eux. Il était encore trop tôt pour courir ce risque.

Surpris de constater à quel point son envie de la voir le tenaillait, il se dit que c'était seulement parce que l'idée de la savoir soucieuse et chagrinée lui déplaisait. Mais il sentait bien qu'il y avait plus que cela et qu'il avait en quelque sorte fait siennes les préoccupations de Romara.

Il se leva de bonne heure le lendemain matin et cette fois, quand il descendit déjeuner, Romara l'avait précédé.

Elle était à table et se leva quand il entra dans la salle à manger, en s'écriant avec un léger accent de joie :

– On m'a dit que vous étiez de retour, my lord. Je regrette de ne pas avoir su que vous veniez. Je vous aurais attendu.

– Je n'ai pas su jusqu'au dernier moment si je pourrais partir et lorsque je suis arrivé, il était si tard que je n'ai pas voulu vous déranger.

– Cela m'aurait été égal.

Ils s'assirent tous les deux et elle murmura :

– La semaine a été bien longue sans nouvelles de vous.

Le frémissement de sa voix n'échappa pas à lord Ravenscar. Comme les domestiques lui présentaient un plat, il déclara pour alléger la tension :

– Arkwright m'a dit que Caryl et vous étiez en bonne santé et qu'Alexandre devient un géant, aussi ai-je pensé que tout allait pour le mieux.

– Caryl est très heureuse.

– J'espère qu'il me sera possible de la voir, cette fois-ci.

– Elle y compte bien car elle veut vous remercier de tout ce que vous avez fait pour elle.

– Dites-lui que la gratitude m'ennuie, mais je serai content de vous retrouver toutes les deux au dîner.

Romara parut surprise et il expliqua :

– Arkwright ne vous a pas mise au courant? Il tenait à ce que je revienne dès que possible pour discuter de la création d'une sablière sur la lisière nord du domaine.

– Je pense qu'il m'en a parlé. Mais, pour être franche, je ne m'intéresse pas beaucoup au sable.

– Moi non plus, mais le comté en a un besoin urgent et je dois voir les gens que cela concerne.

Romara songea avec regret qu'elle aurait aimé aller à cheval avec lui jusqu'à la lisière nord du domaine, mais il n'y aurait très certainement que des hommes à ce rendez-vous et elle y serait déplacée.

Ne désirant pas que lord Ravenscar sache à quel point elle était déçue de le voir passer la journée loin de la maison, elle déclara d'un ton dégagé :

– Caryl et moi, nous avions justement projeté de

faire un pique-nique au bord du lac. C'est si beau, là-bas, et nous pensions qu'un des domestiques pourrait y apporter notre déjeuner et reprendre le panier plus tard.

– Excellente idée. Je me rappelle que c'est ce que je faisais quand j'étais enfant.

– Mrs Fellows me l'a dit, en effet.

– Et cela redevient la tradition, reprit-il en souriant. Nous ne pouvons pas y échapper, n'est-ce pas?

– Je n'en ai aucun désir, répondit doucement Romara.

Le maître d'hôtel s'arrêta près de la chaise de lord Ravenscar.

– Mr Arkwright peut-il s'entretenir un instant avec vous, m'lord?

– Mais bien sûr ! Dites-lui de venir.

Mr Arkwright entra dans la salle à manger.

– Bonjour, my lady. Bonjour, my lord.

Romara lui sourit et il s'adressa à elle.

– On m'apprend que vous avez l'intention de déjeuner au bord du lac, aujourd'hui?

– Oui, j'en parlais justement à Sa Seigneurie.

– Je préférerais de beaucoup que vous ne vous éloigniez pas tant de la maison.

– Pourquoi donc?

– J'ai appris hier par un des fermiers qu'un gros chien s'attaque aux moutons et aux daims du parc. Les fermiers pensent que la chaleur l'a rendu fou. Ils ont essayé de l'abattre mais jusqu'à présent ils n'y ont pas réussi.

– Ne vous inquiétez pas pour nous. Donnez-moi seulement une arme.

– Une arme? répéta Mr Arkwright. Votre Seigneurie sait tirer?

– Ma foi, je suis même un très bon tireur, bien que ce soit peut-être vaniteux de ma part d'en faire état ! Mais, comme nous vivions dans un coin isolé du comté de Huntingdon et que mon père s'absentait souvent, il avait exigé que nous soyons capables de nous servir d'un fusil et d'un pistolet.

Elle se tourna vers lord Ravenscar pour lui sourire en ajoutant :

– Un jour, quand vous en aurez le temps, je vous proposerai un concours de tir à la cible sur la distance que vous choisirez.

– Je ne manquerai pas de relever le défi, riposta-t-il en riant, mais le prix doit être tel que le jeu en vaille la peine.

– Ce sera encore plus intéressant ! s'exclama-t-elle.

Son regard croisa celui de lord Ravenscar et pendant une seconde ce fut comme s'ils se communiquaient des choses auxquelles Mr Arkwright était étranger.

Puis, avec effort, Romara se retourna vers ce dernier.

– Je crois que vous pouvez vous fier à moi pour veiller sur Caryl et Alexandre. Cela m'ennuierait de renoncer au pique-nique.

Mr Arkwright quêta du regard l'assentiment de lord Ravenscar qui déclara :

– Donnez à Sa Seigneurie un de mes plus petits pistolets de duel, Arkwright.

– Bien, my lord.

Mr Arkwright sortit et lord Ravenscar demanda :

– Il y a quelque temps j'avais pensé qu'il serait agréable d'organiser ici des chasses en automne. Voudrez-vous les présider?

– J'en serai très fière, vous le savez bien.

– Nous inviterons des gens amusants, dit-il en se

levant. Je suppose qu'Arkwright m'attend mais restez donc pour finir votre petit déjeuner.

– J'espérais que nous aurions le temps de parler.

– Nous le ferons dès mon retour. J'ai beaucoup de choses à vous raconter mais je crains que ce ne soit pas précisément ce que vous désirez entendre.

– De mauvaises nouvelles?

– Mettons pas bonnes... jusqu'à présent, en tout cas.

Elle poussa un profond soupir.

– J'avais peur de vous entendre m'annoncer cela.

– Il n'y a aucune raison de perdre espoir. Je savais que vous étiez soucieuse, sans quoi je ne serais revenu qu'avec quelque chose de plus encourageant à vous rapporter.

– Je suis vraiment contente que vous soyez là, dit-elle avec simplicité.

Une fois de plus leurs regards se rencontrèrent et Romara eut l'impression que lord Ravenscar lisait dans ses yeux avec quelle ferveur elle avait prié tous les soirs qu'il trouve un moyen de sauver Caryl.

Elle s'embrouillait parfois dans ses prières et ne savait plus si elle les adressait à Dieu ou à lui.

– Je reviendrai le plus vite possible, Romara. Je pense que Caryl se repose toujours dans l'après-midi? Nous serons donc seuls et je vous raconterai tout ce que j'ai appris.

– J'attendrai ce moment avec impatience.

– Moi aussi.

Elle l'accompagna dans le vestibule où ils rencontrèrent Arkwright qui venait de l'armurerie.

– Voici un pistolet, Votre Seigneurie, dit-il, mais faites attention, il est chargé.

– Je vous jure que je sais manier une arme à feu, le rassura la jeune fille. Mon père était furieux quand l'une de nous ne se montrait pas ce qu'il appelait « prudente ».

– Si jamais vous voyez le chien, soyez aimable de l'abattre, reprit Mr Arkwright. Il a déjà causé beaucoup de dégâts et les fermiers qui ont des moutons vous en seront très reconnaissants.

– Cela ne m'enchante pas, mais je comprends bien que c'est nécessaire.

– En réalité, vous mettrez fin à ses souffrances, vous savez, dit Mr Arkwright.

Puis il rejoignit lord Ravenscar qui avait déjà enfourché le cheval amené pour lui devant la porte.

Romara agita la main en signe d'adieu quand ils s'éloignèrent et lord Ravenscar, jetant un coup d'œil en arrière, songea qu'elle était vraiment gracieuse dans sa robe blanche sur le fond de pierre grise de la maison.

Une fois de plus, il constata qu'elle avait vraiment l'air dans son cadre et qu'elle semblait faire partie de son foyer comme si elle y avait toujours vécu.

Dans la soirée il aurait un sérieux entretien avec elle, au sujet de Caryl mais aussi d'eux-mêmes.

La journée était brûlante mais sous l'ombrage des arbres au bord du lac il y avait de la fraîcheur et les libellules irisées donnaient à l'eau couleur d'argent, un aspect féerique.

Des valets avaient transporté là le panier de pique-nique, disposé un repas froid appétissant sur une nappe de toile blanche et apporté des coussins pour que Caryl et Romara s'assoient ou se calent le dos contre les arbres.

Caryl installa le bébé sur un coussin, lui retira son châle et retroussa sa longue robe bordée de dentelle pour qu'il remue les jambes à l'aise.

– Il ne va pas tarder à ramper, constata-t-elle.

– Oh, ne le laisse pas grandir trop vite, pria Romara. Il est si mignon comme il est !

– Il est magnifique et je l'adore ! s'exclama Caryl avec enthousiasme.

Elle eut un petit rire comme pour se moquer de l'intensité de ses sentiments et ajouta gaiement :

– Je vais lui faire une guirlande de pâquerettes. Te rappelles-tu que nous en tressions quand nous étions petites? On se les mettait sur la tête et on avait l'impression de ressembler à la reine des fées.

– Nous avons à la maison tous les contes que maman nous lisait. Je suis sûre qu'Alexandre les aimera quand il sera plus grand.

Ce dernier paraissait apprécier le pique-nique. Réveillé, il gazouillait joyeusement à l'adresse des feuillages ensoleillés que les arbres étendaient au-dessus de sa tête.

Les deux sœurs parlèrent un peu de leur enfance, puis Romara dit :

– Je vais descendre au bord du lac voir s'il y a des poissons.

– Je t'accompagne, répliqua Caryl après avoir regardé Alexandre et vu qu'il s'était endormi.

La main dans la main, elles longèrent la rive du lac jusqu'à un endroit où il était possible de distinguer l'eau par-delà l'épais rideau des joncs.

– Oui, il y a des poissons ! s'exclama Romara. On dirait des truites. Il faudra que nous posions la question à Mr Arkwright. Ce serait amusant d'en attraper. Je me demande si Sa Seigneurie les pêche.

Que de choses elle aurait aimé savoir sur l'homme qu'elle avait épousé et qui possédait ce qui lui paraissait être la plus belle demeure d'Angleterre !

Mrs Fellows, bien sûr, était toute disposée à parler

interminablement de « Master Trent » comme elle l'appelait souvent par distraction; mais c'était bien plus passionnant de discuter avec lord Ravenscar lui-même et d'apprendre non seulement ce qu'il avait fait dans sa vie mais aussi ce qu'il pensait.

Il était très intelligent, et Romara espérait qu'il ne la trouvait pas ennuyeuse.

L'image d'Atalie Bray, « la plus belle femme d'Angleterre », la femme à qui lord Ravenscar avait donné son cœur, hantait toujours l'esprit de Romara.

Quelle qu'eût été sa conduite, quelque colère qu'elle eût suscitée en lui,ARomara avait la conviction qu'il continuait à l'aimer.

Elle songea qu'il faudrait très, très longtemps pour que lord Ravenscar oubliât Atalie, si jamais il l'oubliait.

Pour combattre cette pensée déprimante, Romara se détourna pour dire quelque chose à Caryl. Ce faisant, son regard se porta vers l'endroit de leur pique-nique et elle aperçut avec stupéfaction un inconnu qui s'emparait d'Alexandre.

Caryl vit ce qui se passait à la même seconde et poussa un cri.

– Qu'est-ce que vous faites? Ne le touchez pas ! cria-t-elle en s'élançant dans la direction de l'homme.

Ce dernier les regarda et Romara lui trouva un visage sombre et une allure sinistre.

Serrant le bébé contre lui, il tourna les talons et se mit à courir au milieu des arbres.

Romara comprit alors que c'était un homme à la solde de sir Harvey et qu'il enlevait Alexandre.

– Arrêtez ! Arrêtez ! hurlait frénétiquement Caryl. Vous volez mon bébé !

Romara ne perdit pas son souffle à crier et se mit

à courir comme elle n'avait jamais couru de sa vie.

Le pistolet était sur l'herbe à côté du panier de pique-nique, à l'endroit où elle l'avait posé.

Elle le ramassa et, s'enfonçant sous les arbres les plus proches, elle vit le ravisseur d'Alexandre s'éloigner précipitamment.

Il se trouvait déjà à bonne distance mais, sans même s'arrêter pour viser, Romara abaissa son pistolet comme son père le lui avait appris et pressa la détente.

Une détonation retentit et elle crut une seconde avoir manqué la cible car l'homme courait toujours. Pourtant, il trébucha enfin, oscilla et s'effondra.

Caryl arriva sur place avec elle et ramassa Alexandre qui hurlait à pleins poumons dans l'herbe.

Par chance, il avait été projeté en avant et n'avait pas été écrasé sous l'homme abattu.

Son bébé étroitement serré dans ses bras, Caryl, le visage blême, se retourna vers sa sœur.

– Il faut rentrer ! affirma Romara. Et partir d'ici tout de suite !

– Partir d'ici?

– C'est un coup de sir Harvey. Il essaie de te voler Alexandre. Il le veut !

– Comment le sais-tu? questionna Caryl d'une voix tremblante.

– Je te le raconterai, chérie, mais maintenant il faut filer nous cacher quelque part.

– Pourquoi? Mais pourquoi?

– Je te l'expliquerai, je te le promets, mais nous ne pouvons plus rester ici.

Tandis qu'elles retournaient d'un pas vif à la maison, Romara réfléchissait avec fébrilité à la meilleure conduite à tenir.

Une chose était évidente, à son avis : lord Ravenscar ne devait pas être compromis davantage.

Maintenant, sir Harvey n'aurait pas seulement un chef d'accusation contre sa femme mais aussi contre Romara.

L'idée qu'elle dût passer en jugement pour meurtre était terrifiante mais, si elle restait introuvable, il serait impossible de l'inculper.

Elle se sentait presque malade à l'idée de l'humiliation de lord Ravenscar si sa femme devait comparaître au banc des accusés, à la cour d'assises d'Old Bailey.

La mort de cet homme donnerait aussi une arme de plus à sir Harvey dans la lutte qu'il menait pour obtenir la possession de son fils.

Elle avait peur; l'avenir dépendait tellement de la conduite qu'elles adopteraient, qu'une espèce de calme s'était emparé d'elle. Pour n'être pas naturel il lui permettait cependant de réfléchir avec clarté et d'agir avec décision.

– Fais comme si de rien n'était, dit-elle à Caryl quand elles montèrent le perron de l'entrée.

Au valet de faction dans le vestibule, Romara demanda d'un ton tout à fait normal :

– Voulez-vous commander le panier avec le poney? Sa Seigneurie et moi désirons aller au village pour des achats, mais que le pique-nique reste en place jusqu'à nouvel ordre de ma part.

– Bien, m'lady.

Romara et Caryl gravirent en hâte l'escalier. Midi venait de sonner, l'heure de déjeuner du personnel. Mrs Fellows et les femmes de chambre se trouvaient en bas et, puisque Caryl et Romara étaient sorties avec Alexandre, la bonne d'enfant devait être descendue aussi.

Romara entra dans sa chambre et, prenant le bébé des bras de Caryl, le déposa sur le lit.

– Va dans la nursery chercher les quelques affaires dont tu crois qu'il aura besoin, dit-elle. Nous achèterons le reste.

Caryl ouvrit de grands yeux mais obéit.

Romara tira du placard une petite valise où elle plaça quelques robes simples et discrètes qu'elle pourrait mettre aussi bien que Caryl. La chaleur était bienvenue car elles n'auraient pas besoin de vêtements lourds et épais. Deux jolis châles leur tiendraient chaud si nécessaire et le plus important était d'avoir du linge de rechange.

Lorsque tout fut empilé dans la valise, laissant les châles sur le lit, elle courut à son bureau griffonner un billet pour lord Ravenscar.

Une minute plus tard, Caryl entra précipitamment dans la pièce, sa capote sur la tête, les bras pleins de petits vêtements d'Alexandre.

Sans un mot, Romara élimina les robes les plus élégantes et tassa le reste sur les autres vêtements.

Puis elle se coiffa de sa capote et, ramassant la valise, elle dit :

– Charge-toi d'Alexandre et tâche d'avoir l'air aussi naturel que si nous allions réellement au village.

– As-tu de l'argent?

– Oui, heureusement ! J'en avais demandé à Mr Arkwright la semaine dernière, quand j'avais l'intention d'aller à Beaconsfield, mais finalement j'avais renoncé à m'y rendre. Écoute, prends tes bijoux. Nous pourrons les vendre quand nous aurons épuisé l'argent que nous avons.

Caryl courut docilement les chercher.

Aucun n'avait une très grande valeur, à part une

broche que sir Harvey avait donnée à la jeune fille au cours de la première semaine de leur vie commune et une bague qu'elle avait portée en secret quand il s'efforçait encore de la convaincre de partir de chez elle pour l'épouser.

Ce n'est que justice, se dit Romara, si les cadeaux de sir Harvey servent à nous entretenir, Caryl, Alexandre et moi pendant que nous nous cachons.

Elle savait bien qu'elles ne pourraient pas vivre éternellement sur leurs possessions actuelles, mais elle était convaincue que le plus urgent était de se terrer pendant les recherches qui suivraient la découverte du mort.

Par la suite, peut-être, parviendrait-elle à obtenir un peu d'argent sur leur héritage.

Le notaire de son père était un homme âgé que Romara connaissait depuis toujours et elle était persuadée que, si elle faisait appel à l'ami plutôt qu'au conseiller légal, il l'aiderait secrètement.

Le temps manquait toutefois pour envisager l'avenir à long terme et, pour le moment, tout ce dont Romara était sûre, c'est qu'il leur fallait disparaître le plus vite possible.

Elle descendit l'escalier avec Caryl. Le valet qui les attendait n'aperçut la valise que lorsqu'elle arriva près de lui.

– Permettez, m'lady, dit-il en s'emparant de la valise.

– Mettez-la dans le panier, c'est du tissu que nous emportons pour le réassortir à la petite boutique, déclara Romara.

Elle savait que le jeune homme se moquait comme d'une guigne du renseignement mais elle espérait qu'il s'en souviendrait par la suite.

En réalité, la légère charrette en osier avait été

conçue pour les enfants. Lord Ravenscar s'en servait dans sa jeunesse.

Lorsque Caryl n'était pas assez forte pour marcher Romara l'avait emmenée se promener dedans, aussi le valet d'écurie ne s'attendait-il pas à les accompagner.

– Merci, Harris, lui dit Romara en souriant. Nous ne serons pas longues.

Portant respectueusement ses doigts à son front pour les saluer, il les regarda s'éloigner avec une expression admirative.

– Où allons-nous? demanda Caryl d'une voix effrayée.

– Sur la grande route, répliqua Romara avec autorité. Dans quelques kilomètres, nous abandonnerons le panier et nous prendrons la diligence.

– Pour aller où? insista Caryl.

Romara secoua la tête.

– Aucune idée. Peut-être dans un petit village bien tranquille où personne ne pensera à nous chercher.

Caryl ne dit rien. Elle se borna à serrer Alexandre contre elle. Quand elles eurent fait un bout de chemin, Romara se mit à lui expliquer le contenu de la lettre arrivée pour elle une semaine auparavant.

Elles parcoururent près de cinq kilomètres avant que Romara s'aperçoive que le poney commençait à se fatiguer. Un peu plus loin, au bord de la route, il y avait une petite auberge. Elle décida d'y laisser poney et panier et entra dans la cour.

Un palefrenier d'un certain âge vint les aider à descendre.

– Ce poney et cette charrette appartiennent à lord Ravenscar, lui dit Romara, et je vous serais très reconnaissante de les ramener à Raven House.

– Nous sommes à court de personnel, ma'am.

Il dirigeait visiblement la maison et Romara sortit une guinée de sa bourse.

– Je suis sûre que Sa Seigneurie ne sera que trop heureuse de vous payer ce service.

A la vue de la pièce d'or, l'homme devint tout sourire et affabilité.

– Ce sera fait, ma'am, ne craignez rien. Ce sera fait dès que le poney sera reposé.

– Merci beaucoup.

Elle s'enquit de l'heure à laquelle devait passer la prochaine diligence, puis emmena Caryl s'asseoir à l'intérieur de l'auberge.

– Tu te sens bien, chérie? demanda-t-elle.

– Un peu lasse... et très effrayée.

– Nous n'irons pas loin ce soir, mais il faut que nous partions.

– Oui, je comprends, acquiesça Caryl.

– Tu es très courageuse et tu me facilites bien les choses, commenta sa sœur.

Elle trouvait que Caryl se comportait admirablement. Si elle s'était montrée tellement larmoyante à Londres, la cause en était uniquement la cruauté de sir Harvey. A présent qu'elle luttait pour son fils, elle témoignait d'une force d'âme inattendue et émouvante.

Romara insista pour qu'elles prennent toutes les deux une tasse de thé et mangent une tranche de jambon fraîchement coupée.

Cet en-cas n'avait pas coûté cher, mais Romara songea qu'il leur faudrait dorénavant compter sou par sou.

La somme qu'elle avait sur elle ne durerait pas toujours et elle n'avait aucun désir de signaler trop vite à qui que ce soit l'endroit où elles se trouvaient.

Elle espérait que sir Harvey renoncerait à l'idée de

les découvrir avant qu'elles aient épuisé leurs ressources et que les magistrats eux-mêmes penseraient la chose impossible.

Quand l'heure du passage de la diligence approcha, les deux sœurs sortirent de l'auberge pour l'attendre.

Plusieurs personnes étaient déjà là : une grosse fermière portant un panier plein d'œufs, un homme en costume de velours à côtes qui avait l'air d'un garde-chasse et deux petits garçons turbulents qui mettaient en échec l'autorité de leur mère.

Caryl s'assit sur la valise, Alexandre dans ses bras, tandis que Romara ne cessait de scruter la route avec l'espoir de voir d'un instant à l'autre approcher la diligence dans un nuage de poussière.

Mais la route restait déserte et les voyageurs commencèrent à s'énerver et à consulter leur montre.

La diligence n'arrivait pas.

Un véhicule survint enfin mais c'était un cabriolet conduit par un gentleman en chapeau haut de forme.

Il allait à vive allure mais, en arrivant à proximité de l'auberge, il ralentit et arrêta ses chevaux auprès du petit groupe qui le regardait fixement.

– Attendez-vous la diligence? demanda-t-il.

– Oui, monsieur, répliqua l'homme qui devait être garde-chasse. Et elle a beaucoup de retard.

– Vous serez obligés d'attendre encore longtemps, je le crains. Il y a eu un accident. Personne n'a été blessé, mais sortir la diligence du fossé et la ramener sur la route prendra du temps.

– Et moi qui suis déjà en retard ! s'exclama la plantureuse fermière.

Le conducteur du cabriolet regarda Romara et Caryl qui tenait le bébé dans ses bras.

– Peut-être pourrais-je vous déposer quelque part, mesdames? proposa-t-il.

Romara le dévisagea. Il avait l'air honnête et bon et Caryl était manifestement fatiguée.

– Ce serait très aimable de votre part, acquiesça-t-elle.

Obligeamment, l'homme à la veste en velours plaça leur valise à l'arrière du cabriolet et elles y montèrent.

Romara s'installa à côté du conducteur pour que Caryl soit plus à l'aise au bout de la banquette.

Le gentleman remit ses chevaux en route et se tourna vers elles.

– Permettez-moi de me présenter. Mon nom est Buxton, William Buxton, mais la plupart des gens du voisinage m'appellent « Squire (1) ».

Tandis qu'il parlait, Romara s'avisa qu'elle n'avait pas choisi le nom qu'elles se donneraient, Caryl et elle. Après une très brève hésitation, elle opta en ce qui la concernait pour le nom de jeune fille de leur mère.

– Mon nom est Lindsey, dit-elle. Miss Lindsey. Et ma sœur est Mrs Hammond.

– Enchanté de faire votre connaissance ! Où puis-je vous conduire?

Romara resta silencieuse une seconde avant de répondre :

– Ma sœur et moi cherchons un village tranquille où passer de courtes vacances.

– Un village tranquille? répéta Mr Buxton surpris.

– Elle a été souffrante et nous pensions que l'air de la campagne serait bon pour le bébé.

– Ah, vous venez de la ville !

(1) Le « Squire » est le châtelain, le seigneur du village.

– Oui, acquiesça Romara.

Mr Buxton ne dit rien et au bout d'un moment elle reprit :

– Peut-être pourriez-vous nous recommander un endroit... peu coûteux, évidemment.

– J'étais justement en train d'y réfléchir. Près de chez moi, l'auberge du village ne prend pas de pensionnaires, mais je suis sûr de pouvoir vous faire loger à la ferme de mon domaine, si cela vous convient.

– Cela me paraît parfait !

– La fermière, Mrs Coswell, aime beaucoup les bébés. Elle me répète toujours que la ferme est trop grande pour elle maintenant que ses enfants ont grandi et sont mariés.

– Une ferme, voilà exactement ce que j'aimerais pour ma sœur et son jeune fils.

– Alors je vais vous y mener. Nous n'aurons pas à aller loin. Le village n'est qu'à trois kilomètres. Il s'appelle Little Bowbrook (1).

En découvrant le village, Romara trouva qu'il ressemblait à une description de roman avec son auberge sur la place, ses cottages couverts de chaume et sa modeste église en pierre grise.

Ils franchirent une grille flanquée de deux petits pavillons et suivirent une avenue bordée d'arbres qui conduisait, expliqua Mr Buxton, à sa propre maison.

Ils l'entrevirent avant que le conducteur fasse tourner ses chevaux dans un chemin de terre assez raboteux.

La ferme était un long bâtiment bas en briques rouges, entouré de granges et d'étables. Une troupe

(1) Littéralement : Le Petit-Ruisseau-Tournant ou si vous préférez Le Petit Riautord.

de canards gras s'éparpilla en battant des ailes devant les chevaux quand ils approchèrent de la porte d'entrée.

Une femme aux cheveux gris accueillit Mr Buxton avec effusion.

– Je pensais bien que c'étaient vos chevaux qui arrivaient dans la cour, Squire, dit-elle. Cela fait plaisir de vous revoir si vite.

– Je vous amène deux hôtes payantes, Mrs Coswell, annonça Mr Buxton. Ces dames cherchent un endroit tranquille pour passer leurs vacances et je ne voyais vraiment nulle part où elles pourraient être mieux que chez vous.

– C'est gentil de votre part, Squire, et je serai enchantée de les avoir.

Mrs Coswell aperçut alors Alexandre et poussa une exclamation de plaisir.

– Quel beau bébé ! Donnez-le-moi donc pendant que vous descendez de voiture. Il ne risque rien avec moi, j'en ai tenu dans mes bras six des miens et trois petits-enfants.

Elle berça Alexandre contre son ample poitrine en le contemplant avec une expression maternelle.

Un gamin surgit soudain on ne sait d'où pour prendre la bride des chevaux.

– Je vais porter votre valise à l'intérieur, dit Mr Buxton à Romara.

– Vous êtes très aimable, merci beaucoup, répondit-elle.

Mrs Coswell s'arracha à la contemplation d'Alexandre pour ordonner :

– Posez ça tout de suite, Squire. Mr Coswell va rentrer dans un moment et la montera là-haut pour ces dames. Entrez prendre une tasse de thé. Dans une minute, je l'apporte au salon.

Et telle une mère poule, elle les poussa devant elle jusqu'à un petit salon qui, visiblement, ne servait pas souvent.

– Vous serez très bien ici, assura Mr Buxton.

Apparemment, il parlait à Romara mais il ne détachait pas ses yeux de Caryl.

– C'est exactement ce que nous cherchions, acquiesça Romara.

Mrs Coswell entra pour mettre la table en y disposant tant de nourritures diverses que Romara se dit qu'elles deviendraient aussi grasses que leur hôtesse si elles restaient longtemps à la ferme.

Il y avait une miche de pain boulangée à la maison, toute chaude sortie du four. Il y avait des galettes et de la tourte, des tranches de jambon de campagne et de la langue de bœuf que Mrs Coswell leur assura avoir cuite la veille.

Il y avait encore de grands raviers de beurre doré et une jatte emplie du lait crémeux des vaches de la célèbre race de Jersey.

Il y avait enfin un rayon de miel produit par les abeilles du fermier et un pot de confiture que Mrs Coswell avait confectionnée elle-même quand les fraises avaient mûri.

– C'est délicieux ! s'exclama Caryl. Avez-vous toutes ces choses délectables chez vous, Mr Buxton?

– La ferme me fournit ce dont j'ai besoin et je vends le surplus.

– Vous avez un grand troupeau de vaches? s'enquit Romara.

– Environ une centaine. J'exploite cinq cents hectares et j'en possède deux cent cinquante en plus. (Il eut un petit rire un peu mélancolique.) J'ai l'air de me vanter, mais vous m'avez posé la question.

– J'adore les fermes, dit rêveusement Caryl.

J'aime le caquetage des poulets, le coin-coin des canards et le meuglement des vaches quand elles rentrent pour la traite.

– Me permettrez-vous de vous montrer mon troupeau, demain? demanda Mr Buxton.

– Oh ! oui, je vous en prie. Avez-vous des veaux? reprit Caryl.

– Des quantités !

– Vous n'oublierez pas de me les faire voir?

– Je vous le promets.

Romara sourit. Caryl avait fait une conquête. Ce n'était guère surprenant car elle était très jolie avec ses cheveux blonds encadrés par sa capote de paille dont les rubans bleus mettaient en valeur la transparence de sa peau rose et blanche.

Au fond de son cœur, Romara murmura une petite prière d'action de grâces. Quelle chance elles avaient eue de rencontrer Mr Buxton !

Non seulement la ferme où il les avait si gentiment conduites était confortable, mais Romara avait la conviction d'y être en sécurité.

Qui soupçonnerait deux jeunes femmes en vacances de porter des noms importants et l'une d'elles d'être une meurtrière?

Elle se sentit frissonner en y repensant. Alors, subitement, le désir de revoir lord Ravenscar la submergea comme une lame de fond.

Elle n'aurait cessé d'avoir le sentiment torturant d'être en danger de mort que si elle avait pu se blottir contre lui.

6

– Nous serons de retour avant le thé, déclara Caryl. Je me fais une fête de mon gâteau d'anniversaire.

– Tu n'es pas censée savoir que tu en auras un ! répondit Romara. Ne soyez pas en retard.

– Non, bien sûr, dit Caryl en se dirigeant vers la porte de la ferme.

Elle s'arrêta pour demander :

– Aimerais-tu venir avec nous, Romara?

Sa sœur secoua la tête.

– Je craindrais d'être de trop entre toi et le Squire.

– Tu ne seras jamais de trop, chérie, répliqua Caryl qui ajouta avec un petit sourire : N'empêche que je suis ravie de l'avoir à moi toute seule !

Romara comprenait parfaitement cela mais son cœur était lourd quand elle regarda Caryl s'éloigner dans le cabriolet à côté de Mr Buxton.

Comment cela finirait-il?

Depuis des semaines, Caryl était visiblement amoureuse du Squire, et réciproquement lui d'elle. La veille au soir lorsqu'elles étaient montées se coucher, elle était entrée dans la chambre de sa sœur, s'était assise sur son lit et avait déclaré :

– J'ai quelque chose à te dire, Romara, et cela te fâchera peut-être.

– Il me serait bien difficile d'être fâchée contre toi.

– J'espère que tu me pardonneras, mais... j'ai raconté à William qui je suis.

Elle s'exprimait d'une façon hésitante et regardait sa sœur avec appréhension.

– Je prévoyais que tu le ferais.

– Naturellement, je ne lui ai pas parlé de toi... ç'aurait été déloyal, mais... il fallait qu'il sache la vérité.

Un silence suivit que rompit Romara.

– M'expliqueras-tu pourquoi?

– Je pense que tu connais la réponse. Il m'aime ! Il m'aime et veut m'épouser !

Caryl joignit les mains dans un geste de détresse et ajouta :

– Je le souhaite aussi plus que tout au monde, mais comment pourrai-je jamais me libérer? Oh ! Romara, comment me libérer?

Romara se pencha pour serrer sa sœur dans ses bras.

– Je voudrais bien le savoir, murmura-t-elle au bout d'un instant, les yeux pleins de larmes.

Ce que Caryl lui annonçait n'avait rien d'inattendu. A l'évidence, depuis leur arrivée à la ferme, le Squire n'avait eu d'yeux pour personne d'autre.

Il était venu leur rendre visite chaque jour, il les emmenait se promener en voiture ou, quelquefois, les conduisait chez lui.

Sa demeure était un charmant vieux manoir qui appartenait à la famille Buxton depuis des générations et qui, à force d'agrandissements, était devenu le type même de petite résidence champêtre que toute femme, de l'avis de Romara, ne pouvait qu'adorer.

Rien de plus facile que d'imaginer Caryl dans le séduisant salon au mobilier en noyer du temps de la reine Anne (1) et au chintz semé de roses – ou bien assise dans la salle à manger ovale à l'antique cheminée et aux murs décorés par les portraits des ancêtres du Squire.

D'autre part, et c'était bien le plus important, le Squire était exactement le genre de mari qui aurait convenu à Caryl.

Il était calme, prévenant, doux et avait en même temps une autorité qui incitait tous ceux qu'il employait à le considérer avec admiration et respect.

Romara avait appris bien des choses sur son compte par les Coswell qui l'adoraient et s'était surprise maintes fois à regretter que Caryl n'ait pas rencontré William Buxton avant d'être séduite et maltraitée par sir Harvey.

Mais si ce qu'on désirait se réalisait, je trouverais le bonheur ! s'était-elle reprise avec sévérité.

Elles étaient à la ferme depuis cinq semaines et elle n'avait cessé de penser à lord Ravenscar, aspirant si fort à sa présence qu'elle en pleurait parfois éperdument dans son oreiller.

Il ne servait à rien de souhaiter l'avoir auprès d'elle. Cet amour qu'il lui fallait reconnaître si elle

(1) Anne (1665-1714), seconde fille de Jacques II, reine d'Angleterre à partir de 1702, lutta contre Louis XIV dans la guerre de Succession d'Espagne et réunit l'Ecosse à l'Angleterre en 1707. (N.d.T.)

voulait être franche avec elle-même, était absolument sans espoir.

Elle devait se cacher dans son intérêt à lui, de telle sorte qu'il ne la trouve jamais; et quand bien même la trouverait-il, n'en aimait-il pas une autre?

La pensée de la beauté d'Atalie Bray obsédait Romara au point que, lorsqu'elle se regardait dans la glace, elle ne voyait pas son visage mais celui de sa rivale, tel qu'elle l'imaginait.

Comment, se disait-elle, ai-je pu être assez folle, assez bête, pour tomber amoureuse d'un homme qui ne pourra jamais éprouver à mon égard autre chose que du mépris pour m'avoir épousée sur un aussi ridicule coup de tête?

Elle fermait alors les yeux pour évoquer le beau visage aux traits fermes, les yeux qui sondaient les siens, le menton bien dessiné et la bouche au pli souvent cynique.

– Je l'aime, je l'aime ! s'écriait-elle dans l'obscurité.

Elle songeait parfois avec désespoir que la seule façon de lui être utile serait de mourir.

Alors, il serait libre, et la question de la voir passer en jugement pour le meurtre qu'elle avait commis ne se poserait plus.

Ces réflexions étaient pénibles mais, pendant la journée, comment ne pas jouir du havre de tranquillité que, par une chance inouïe, Caryl et elle avaient découvert?

Si la diligence n'avait pas eu un accident, si Mr Buxton ne s'était pas arrêté pour prévenir ceux qui l'attendaient du retard prolongé qu'elle aurait, s'il n'avait pas offert à Caryl et à Romara de les déposer quelque part – où seraient-elles à présent?

C'était bien de lui, cette considération pour autrui, ce soin de rassurer les voyageurs qui attendaient au bord de la route et, auraient-elles parcouru l'Angleterre entière, elles auraient eu du mal à trouver un logis aussi confortable et aussi économique que la ferme de son domaine.

Romara en avait honte quand elle payait à Mrs Coswell la somme modique qu'elle demandait chaque semaine pour leur pension.

Elle était persuadée que le Squire avait bien recommandé à Mrs Coswell de ne pas se montrer trop exigeante, mais ce n'était pas dans la nature de la fermière d'être autrement que généreuse et hospitalière.

Elle s'occupait d'Alexandre comme s'il était l'un de ses propres enfants et, pensant que l'allaiter était trop fatigant pour Caryl, elle lui avait trouvé une nourrice.

L'une de ses belles-filles qui venait justement de donner naissance à une petite fille ne fut que trop heureuse de nourrir un autre enfant.

Sans Alexandre pour épuiser ses forces et avec le Squire qui l'entourait d'admiration et de tendresse, Caryl s'épanouissait comme une fleur.

Son visage s'était détendu, les cernes sous ses yeux avaient disparu et elle reprenait la mine de ses dix-huit ans, quand il n'y avait pas de sir Harvey pour métamorphoser la ravissante et joyeuse jeune fille qu'elle était en une femme malheureuse et craintive.

La veille, après que Caryl l'eut quittée, Romara se dit qu'il était juste, en effet, que Mr Buxton sache à quoi s'en tenir.

En sa compagnie, Caryl oublierait plus facilement sir Harvey et ses menaces.

Romara avait la conviction que ce dernier tenait toujours à prendre possession de son fils et qu'il n'abandonnerait pas ses recherches si aisément.

Au début de leur séjour à la ferme, chaque fois que résonnait un bruit de roues dans la cour ou un coup frappé à la porte, elle retenait son souffle.

Elle était terrifiée à l'idée que cela pût être un des hommes de sir Harvey, venu exiger le retour d'Alexandre, ou un policier chargé de la requérir de comparaître devant la justice.

Cependant, peu à peu, la bonne nourriture, le repos et les attentions réconfortantes de Mrs Coswell avaient apaisé les craintes de Romara; toutefois, rien ne pouvait empêcher son cœur de soupirer pour lord Ravenscar.

Elle se torturait à l'idée qu'il devait être reparti pour Londres, oubliant jusqu'à son existence au milieu de ses amis de Carlton House et de la Chambre des Lords.

Pourquoi aurait-il accordé même une seule pensée à la femme qui portait son nom alors qu'elle avait disparu de sa vie aussi soudainement qu'elle y était entrée?

– Pense à moi ! Pense à moi ! murmurait quelquefois Romara.

Elle avait l'impression d'envoyer ainsi dans les airs un message à sa recherche, tout en se disant qu'elle n'était probablement plus qu'un souvenir déplaisant s'estompant graduellement dans le cours paisible des habitudes.

Après avoir suivi des yeux Caryl et le Squire, Romara entra dans la grande cuisine où Mrs Coswell glaçait le gâteau d'anniversaire qu'elle avait confectionné pour les dix-neuf ans de Caryl.

Elle appliquait le glaçage avec une poignée de plumes d'oie comme Romara l'avait vu faire aux ménagères du comté de Huntingdon et le résultat était vraiment réussi.

En approchant de la table, elle dit :

– Ma sœur sera ravie. Elle a toujours adoré ses gâteaux d'anniversaire.

– On ne devient jamais trop vieux pour en avoir, commenta Mrs Coswell. N'empêche que le Squire s'est moqué de moi l'an dernier quand je lui en ai préparé un.

– Je parie qu'il l'a mangé tout de même, répliqua Romara en souriant.

– Et comment ! Qu'est-ce que vous diriez d'un petit pain aux raisins tout chaud, ma mignonne? J'en ai une fournée au feu.

– Non, par pitié, ne me tentez pas ! Votre cuisine est si délicieuse et je me gave tellement que je suis obligée d'élargir mes robes et celles de Caryl.

– En ce qui concerne votre sœur, ce n'est pas trop tôt. Je lui ai dit et redit qu'elle ressemblait à un manche à balai.

Elle se recula pour contempler son œuvre et ajouta :

– Elle deviendrait aussi forte que moi, d'ailleurs, que le Squire s'en moquerait bien.

Romara ne releva pas la phrase. Mrs Coswell grillait d'envie d'apprendre si Caryl était veuve ou avait un mari quelque part, et les deux sœurs prenaient grand soin de ne rien dire devant la fermière qui réponde aux questions en suspens sur le bout de sa langue.

– Nous devons être prudentes ! Très, très prudentes, avait dit et répété Romara à Caryl.

Pourtant elle était contente que leur secret soit connu du Squire, car cela le rendrait plus circonspect quant aux endroits où il emmenait Caryl.

Elle craignait toujours qu'ils sortent du domaine et

soient vus par des hommes lancés à la recherche de la jeune femme.

Aujourd'hui, ils n'iraient pas loin, ils étaient partis inspecter les troupeaux du Squire et, par conséquent, elle n'avait pas besoin de s'inquiéter.

– Vous avez l'air bien sérieuse, ma chère petite, reprit Mrs Coswell. Jouissez de la vie pendant que vous êtes jeune, c'est ce que je dis toujours. Les ennuis viennent avec l'âge !

– Si j'ai aussi peu de soucis que vous quand je vieillirai, répliqua Romara, je serai vraiment heureuse.

– Je suis heureuse parce que j'ai un bon mari et j'en remercie Dieu tous les jours, déclara Mrs Coswell. Jamais personne n'a eu un mari meilleur que Mr Coswell.

– J'en suis sûre, acquiesça Romara.

Jake Coswell était un homme peu loquace mais, visiblement, il adorait sa femme et ses enfants aussi bien que la terre qu'il cultivait et les animaux dont il s'occupait.

Chaque matin, il se levait avant 5 heures. Si la ferme du domaine était à ce point prospère, c'est qu'il veillait à tout en personne et attendait de ses employés qu'ils s'intéressent à leur travail autant que lui-même.

Le Squire a de la chance de l'avoir, se dit Romara.

Elle se surprit à songer au jour où elle était allée en compagnie de lord Ravenscar rendre visite aux Weston.

Mrs Weston lui avait souhaité tout le bonheur possible et avait félicité lord Ravenscar d'avoir une épouse aussi jolie.

Eux et les autres fermiers du domaine devaient se demander ce qui lui était arrivé. Mais peut-être savaient-ils ce qui s'était passé et songeaient-ils à elle avec horreur, la jugeant indigne du maître qu'ils servaient.

Romara traversa la grande cuisine dallée pour aller à la porte et resta sur le seuil à regarder les canards et les oies qui buvaient dans la mare et à écouter les poulets qui gloussaient dans la paille de la grange.

Face à une telle paix, elle se demanda si elle avait réellement vécu des moment aussi dramatiques.

Se pouvait-il qu'elle eût été assommée par sir Harvey? Mariée par un pasteur ivre? Qu'elle eût tué l'homme qui tentait de kidnapper le bébé de Caryl? Tout cela semblait incroyable !

Parce que ses réflexions l'énervaient et l'attristaient, elle laissa Mrs Coswell dans la cuisine, se rendit dans le salon et se remit à sa couture.

Il y avait beaucoup de raccommodage à faire parce que leur garde-robe était très limitée.

Ne pouvant aller dans les magasins avec sa sœur, Romara avait demandé à Mrs Coswell de lui rapporter du marché un métrage de mousseline dont elle avait fait de gracieuses robes pimpantes pour elle et Caryl.

Ces robes ne rivalisaient évidemment pas avec les toilettes coûteuses données à Caryl par sir Harvey, mais celles-ci ne convenaient de toute façon pas pour la campagne.

Les vêtements que possédait Alexandre ne tarderaient pas à être trop petits pour lui, bien que Romara eût élargi les coutures de ses robes.

Nous aurons bientôt besoin d'argent, se dit-elle avec une angoisse soudaine.

Ce serait humiliant d'avoir à emprunter au Squire et elle se demanda si elle pourrait sans danger aller à Londres voir le notaire de son père. Il faudrait en discuter avec Caryl.

Mais cette dernière la jugerait stupide de ne pas accepter ce que le Squire ne serait que trop désireux de leur donner.

Comment cela finirait-il?

Qu'allait-il arriver?

Comment continuer à vivre ainsi?

Romara tournait et retournait ces questions dans sa tête.

Finalement, elle entendit un bruit de sabots de chevaux : Caryl était de retour.

Les yeux de sa sœur brillaient, ses lèvres souriaient et Romara se douta qu'elle avait été embrassée.

C'était répréhensible, c'était mal de sa part, puisqu'elle était mariée, mais comment attendre d'une femme qu'elle soit fidèle à quelqu'un d'aussi exécrable que sir Harvey Wychbold?

– C'est nous ! Tu vois, nous sommes de retour ! s'écria Caryl d'une voix joyeuse quand sa sœur apparut sur le seuil du salon.

– Avez-vous fait une bonne promenade?

– Merveilleuse ! s'exclama Caryl avec enthousiasme. Et regarde ce que William m'a donné pour mon anniversaire.

Elle tendit le bras et Romara vit autour de son poignet un bracelet en or orné de turquoises et de diamants.

– N'est-ce pas qu'il est ravissant? dit Caryl.

Elle leva les yeux vers sa sœur et comprit à son expression qu'elle n'approuvait pas.

– Qu'importe, chérie ! chuchota-t-elle. Il tenait tellement à me faire un cadeau et qui le saura, excepté toi !

– Oui, peu importe, murmura Romara.

Elle ne pouvait s'empêcher de penser que Caryl glissait sur une pente dangereuse, mais elle ne voulait pas troubler la joie de son anniversaire.

Le Squire, qui était allé confier ses chevaux au garçon de ferme, entra à ce moment dans le vestibule en demandant :

– Le thé est-il prêt? Caryl a beaucoup insisté pour que nous ne soyons pas en retard.

– Il l'est sûrement, répondit Romara, mais attendez que j'aille m'en assurer.

La cuisine n'était qu'à deux pas. Elle ouvrit la porte et passa la tête par l'embrasure pour annoncer :

– Ils sont revenus, Mrs Coswell. Je les fais entrer?

– Je n'ai plus que ces trois bougies à allumer.

Pendant que Mrs Coswell s'acquittait de cette tâche, Romara vit que son mari était rentré de bonne heure afin d'assister au découpage solennel du gâteau et d'en manger une tranche.

Ils prendraient ensuite le thé au salon mais, comme Mrs Coswell s'était donné tant de peine, Romara avait voulu qu'elle assiste au partage de son chef-d'œuvre.

Sa belle-fille était dans un coin de la cuisine et berçait Alexandre dans ses bras.

Romara attendit un instant et quand la dernière bougie s'alluma en pétillant elle ouvrit en grand la porte de la cuisine et dit :

– Entrez !

En se retournant, elle vit Caryl, la tête levée vers le Squire; ils échangeaient des propos à voix basse comme c'est la coutume entre amoureux.

Elle sentit son cœur se contracter à la vue de l'heureux tableau qu'ils formaient et malgré ses efforts pour rester indifférente elle éprouva un terrible pincement d'envie.

Il n'y avait qu'un homme dont elle aurait aimé qu'il la regarde de cette façon. Un seul dont elle souhaitait la présence en cet instant.

Mais à quoi bon y penser?

Caryl s'écarta du Squire avec un peu de confusion et se dirigea vers sa sœur.

– Et maintenant allons voir la surprise ! dit-elle en souriant.

Et elle les précéda dans la cuisine.

Le gâteau, comme il fallait s'y attendre, était très gros, Mrs Coswell mesurant tout à l'échelle de ses propres dimensions !

Romara savait qu'il avait été confectionné avec des kilos de raisins de Smyrne et Corinthe, de cerises confites et de noix. Près de trois centimètres de massepain le recouvraient et il était nappé d'un glaçage en fondant rose et blanc qui avait exactement la couleur du teint de Caryl.

Avec ses dix-neuf bougies allumées, il était vraiment imposant et Caryl poussa un cri de joie en battant des mains.

– Il est magnifique ! C'est le plus beau gâteau que j'aie jamais eu ! s'exclama-t-elle. Merci ! Merci, Mrs Coswell !

– Je suis contente qu'il vous plaise, ma'am, répliqua Mrs Coswell, enchantée.

Elle se rappelait toujours l'état de femme mariée de Caryl et l'appelait « ma'am », mais parce qu'elle considérait Romara comme une jeune fille, elle oubliait souvent de se montrer protocolaire.

– Allons, Jake, dit-elle vivement à son mari, tu n'as pas encore vu Mrs Hammond aujourd'hui, alors présente-lui tes vœux.

– Bon anniversaire, ma'am, murmura Jake Coswell avec embarras.

– Merci ! Merci pour tout ! répondit Caryl. Et maintenant il faut que je le coupe.

– Il sera un peu dur, déclara Mrs Coswell en prenant un grand couteau. Vous feriez bien de lui prêter main-forte, Squire. Ce gâteau est l'un des plus riches que j'aie confectionnés.

– Alors nous aurons sans doute tous une indigestion, dit Mr Buxton en souriant. Votre gâteau de Noël a mis pas mal de temps à passer.

– Allons donc ! protesta Mrs Coswell. Votre coup de fourchette est aussi bon que lorsque vous étiez petit et que vous saviez vous faire entendre autant qu'Alexandre lorsque vous aviez faim !

Ils éclatèrent tous de rire et Caryl dit à la bru de Mrs Coswell :

– Approchez donc Alexandre pour qu'il voie ces belles bougies.

Le bébé redressé dans les bras de sa nourrice, Caryl le contempla avec adoration.

– Je crois qu'il essaie de les attraper. Regarde donc, Romara, il aime ces jolies lumières.

– Nous attendons que tu coupes le gâteau, chérie.

– C'est vrai.

Caryl prit le couteau et le plongea dans le glaçage mais, quand la lame entra en contact avec l'épaisse pâte du gâteau, Caryl leva les yeux vers le Squire dont la main ferme recouvrit la sienne tandis qu'une expression que Romara jugea révélatrice passait dans ses yeux.

– N'oublie pas de faire un vœu pour que ce que tu désires le plus se produise cette année ! s'écria Romara tandis qu'ils enfonçaient le couteau.

Elle ne doutait pas que Caryl et le Squire allaient

formuler le même souhait et elle les vit se rapprocher légèrement l'un de l'autre.

Au moment où le couteau achevait de trancher le gâteau, des pas lourds résonnèrent sur le seuil de la cuisine dont la porte était restée ouverte.

Romara tourna la tête et aperçut le visage haut en couleur et la silhouette massive d'un homme vêtu avec une extrême recherche.

Elle en resta paralysée, incapable de bouger, incapable de pousser un cri d'alarme !

C'est seulement quand Caryl et le Squire eurent retiré ensemble le couteau du gâteau que Caryl, relevant les yeux, s'exclama :

– Harvey !

Elle n'avait pas parlé fort mais sa voix sembla résonner dans toute la cuisine.

– Oui, Harvey, répliqua l'arrivant. Tu es surprise de me voir, mais tu n'es quand même pas assez sotte pour avoir cru que tu m'échapperais toujours?

Caryl ne répondit pas. Sa voix, comme celle de Romara, s'était étranglée dans sa gorge.

Figée, elle contemplait son mari avec des yeux dilatés et le couteau, s'échappant de ses doigts, tomba avec fracas sur la table.

– Quelle charmante petite réunion de famille ! commenta ironiquement sir Harvey. Et je vois que mon fils est là aussi.

Ses yeux se posèrent sur le bébé qui semblait contempler encore les lumières scintillantes, et Caryl fit un pas vers Alexandre.

– Tu ne l'auras pas ! assura-t-elle d'un ton farouche. Tu ne me le prendras pas !

– Déclaration absurde et stupide dont je ne tiendrai aucun compte, répliqua sir Harvey. Ou bien tu viens avec l'enfant comme je te l'ai ordonné ou je l'emporte avec moi.

– Non ! Non ! cria Caryl.

Dans sa voix vibrait de nouveau la terreur qu'y avait remarquée Romara quand elles étaient à Curzon Street.

Mr Buxton fit le tour de la table.

– Écoutez, monsieur, dit-il, j'aimerais discuter cette question avec vous.

– Qui diable êtes-vous? lança sir Harvey.

– Un ami de votre femme. Je pense que le mieux serait que nous allions dans une autre pièce où nous pourrons nous entretenir sans témoins.

– Je n'ai rien à vous dire ! rétorqua sir Harvey. En fait d'ami de ma femme, comme vous le prétendez, j'imagine que vous êtes son amant !

– Absolument pas, répliqua sèchement le Squire, et vous n'avez pas le droit de proférer des calomnies de ce genre à son encontre.

Sir Harvey rit et son rire n'était pas plaisant à entendre.

– L'honneur de mon épouse est sujet à caution. Vous pouvez la garder si cela vous chante. La seule chose qui m'intéresse est mon enfant.

– Tu ne l'auras pas ! s'exclama Caryl. Il est à moi ! Tu n'en as jamais voulu et je n'y renoncerai jamais !

Caryl avait le visage inondé de larmes et Romara s'avança vers sir Harvey.

– Je vous en prie, dit-elle à voix basse, ne tourmentez pas Caryl. Elle était très faible quand je l'ai emmenée de Londres et il ne faut pas la bouleverser de nouveau.

– Ah ! ça, vous vous mêlez encore de ce qui ne vous regarde pas, hein? riposta sir Harvey sur un ton menaçant. Vous voulez que je vous traite comme la dernière fois? Ne vous y trompez pas, je n'aurai aucun scrupule à le faire !

Son intonation était si féroce que, dans un mouvement instinctif, Romara recula d'un pas et agrippa le dos d'une chaise près de la fenêtre comme pour s'empêcher de tomber.

Sir Harvey fit entendre à nouveau son rire désagréable.

– Décide-toi, ordonna-t-il à Caryl. Viens-tu avec l'enfant ou me laisses-tu l'emmener seul?

– Vous ne ferez ni l'un ni l'autre, déclara Mr Buxton d'une voix paisible. Je reconnais que vous avez certains droits, mais j'ai déjà proposé que nous en discutions calmement, sans nous échauffer.

Tout en parlant, il s'était placé devant Caryl, comme pour la protéger.

– Comment osez-vous vous interposer entre ma femme et moi? hurla sir Harvey.

Il avait à présent le même teint cramoisi que le soir où, ivre de fureur, il était entré dans son salon de Curzon Street.

– J'ai cru comprendre, reprit le Squire, que vous voulez prouver que votre épouse n'est pas une personne capable et digne de s'occuper de son enfant. Mais moi, sir Harvey, je ne vous considère ni capable ni digne de vous occuper de votre épouse ou de votre fils !

Cette déclaration parut suffoquer sir Harvey. Une seconde plus tard, il plongeait la main dans la poche de son manteau de voyage et en sortait un pistolet. Il le braqua sur le Squire et dit avec colère :

– Otez-vous de là ! Caryl, apporte-moi cet enfant !

– Non ! Non ! Il est à moi ! A moi ! Pas à toi !

– Votre conduite est scandaleuse, s'exclama le Squire.

Sir Harvey ne répondit pas, se bornant à darder un regard furibond sur l'homme qui lui tenait tête. Romara vit son doigt se crisper sur la détente et s'élança, sans s'arrêter à réfléchir ou à crier.

Au moment même où sir Harvey tirait sur le Squire, elle tenta de lui relever le bras. Il était trop fort pour elle mais la balle, au lieu d'atteindre le Squire au cœur, lui effleura seulement le bras et alla s'enfoncer dans le mur derrière lui, faisant voler le plâtre en éclats.

Le fracas de la détonation ébranlait encore la cuisine lorsque sir Harvey remit en ligne le pistolet pour tirer de nouveau.

Avant qu'il en ait eu le temps, Mr Buxton sortit un pistolet de sa poche et toucha sir Harvey en pleine poitrine.

Sur le moment, le coup de feu parut ne faire aucun effet. Ensuite, avec lenteur, si lentement que cela devenait terrifiant, sir Harvey s'affaissa sur les genoux puis s'effondra, lentement, lourdement, sur le sol.

Sa bouche était ouverte, ses yeux aussi, mais Romara ne se préoccupait que de Caryl qui se cramponnait au Squire en répétant nerveusement :

– Il a failli te tuer ! Il a failli te tuer !

Romara entendit alors un bruit de roues devant la maison.

Une réaction machinale lui fit tourner la tête pour voir qui arrivait.

Poussant un léger cri qui s'étrangla dans sa gorge, elle franchit la porte en courant et se précipita dans la cour.

L'homme qui descendait du phaéton posait le pied par terre quand elle se jeta contre lui, agrippant à deux mains les revers de son habit et levant son visage vers lui.

– Vous êtes venu ! s'exclama-t-elle. Oh, merci, mon Dieu ! Vous me manquiez ! Vous me manquiez tellement !

Lord Ravenscar la regarda et dit avec humeur :

– Quelle idée saugrenue de disparaître de cette façon !

Puis ses bras l'enlacèrent et sa bouche se posa sur la sienne.

Incapable de bouger ou de respirer, Romara commençait à peine à comprendre ce qu'il faisait lorsqu'il l'écarta de lui.

– Que diable se passe-t-il ici? s'exclama-t-il en entrant dans la cuisine.

Le corps de sir Harvey gisait devant lui. Il y jeta un coup d'œil avant de voir Caryl étreindre le Squire dont un bras pendait le long du corps. Du sang commençait à couler sur sa main.

De l'autre côté de la table où les dix-neuf bougies brûlaient toujours haut et clair sur le gâteau glacé, les autres témoins de la scène étaient livides.

Pendant un instant nul ne dit mot puis le Squire s'exclama avec surprise :

– Tiens, Trent ! Voilà une visite inattendue. Tu arrives à un moment plutôt mal choisi.

– Ma visite n'a rien d'inattendu ! rétorqua lord Ravenscar, furieux. J'ai suivi ce salaud depuis Londres mais je vois, William, que tu lui as réglé son compte.

– Il m'a tiré dessus le premier. Il ne se doutait pas que j'étais armé.

– Ça c'est bien de lui, commenta d'une voix mordante lord Ravenscar.

– Mr Buxton a tiré en état de légitime défense, expliqua Romara d'une voix haletante.

– Son pistolet avait deux magasins, ajouta le Squire. S'il avait tiré une seconde fois comme il en avait l'intention, il m'aurait sûrement tué. Romara m'a sauvé la vie.

Lord Ravenscar regarda Romara et sourit en disant :

– Cela ne m'étonne pas.

– C'était de la légitime défense, monsieur, déclara avec lenteur le fermier Coswell comme s'il venait de comprendre de quoi on parlait.

– Pour ça, oui ! intervint Mrs Coswell. Je n'en croyais pas mes yeux. Sans la jeune dame, il assassinait notre Squire.

– Tu vois que j'ai mes témoins, dit celui-ci à lord Ravenscar.

Puis il baissa la tête vers Caryl qui sanglotait désespérément contre son épaule.

– Tout va bien, chérie, murmura-t-il comme s'ils étaient seuls. C'est fini, il est mort !

– Tu l'as tué pour l'empêcher de me prendre Alexandre, dit Caryl en sanglotant, mais cela ne te causera-t-il pas d'ennuis?

– Aucun ennui, je te le garantis ! Cela s'expliquera aisément, lui assura le Squire avec tendresse.

Lord Ravenscar écouta ce dialogue avec une certaine surprise mais, à son habitude, il prit la direction des opérations.

– Le mieux, William, sera que toi et moi et cet homme qui a assisté à la chose nous allions trouver tout de suite le commissaire de police. Par chance, c'est un de nos amis.

– Oui, tu as raison.

Lord Ravenscar eut un geste dédaigneux vers le

corps prostré de sir Harvey et s'adressa au fermier Coswell.

– Avant que nous partions, vous feriez bien d'ôter cette charogne de votre cuisine. Casez-la quelque part jusqu'à ce que nous envoyions un pasteur pour l'enterrer.

Docilement, le fermier salua en portant la main à son front.

– J'vas m'en charger, monsieur.

Lord Ravenscar se tourna vers Romara.

– Vous et Caryl, allez faire vos bagages et dès que je reviendrai avec William je vous emmènerai à la maison.

Romara le regarda avec stupeur :

– On... on ne me recherche pas?

Un léger sourire retroussa les lèvres de lord Ravenscar.

– Vous avez surestimé votre habileté au pistolet. Si vous avez tiré pour tuer, vous avez manqué la cible.

– Il... il n'est pas mort?

Romara en croyait à peine ses oreilles.

Lord Ravenscar secoua la tête.

– Il est mal en point, bien sûr, mais ce dans quoi vous avez fait mouche, ma petite amazone, c'est l'épaule !

Pendant un instant, Romara se demanda si elle avait bien entendu puis, presque en aveugle, elle tendit les mains vers lord Ravenscar en disant d'une voix blanche :

– Je ne peux pas le croire. Je... j'ai l'impression que je vais m'évanouir.

Il passa son bras autour d'elle pour la soutenir et affirma avec énergie :

– Quelle blague ! Vous avez vos bagages à

préparer. William et moi ne serons pas longs. Le commissaire n'habite qu'à trois kilomètres.

– Je... je pensais qu'on me recherchait, murmura-t-elle.

– Nous en parlerons quand nous serons chez nous.

Caryl écarta sa tête de l'épaule du Squire.

– Si nous retournons à Raven House, Alexandre et moi, que fera William?

– William, que je connais depuis que j'avais l'âge de votre fils, est toujours le bienvenu comme il le sait pertinemment.

Caryl se tourna avec élan vers le Squire.

– Viens avec nous, je t'en prie, viens avec nous ! supplia-t-elle.

– C'est bien mon intention. Mais occupe-toi d'abord de tes bagages comme l'a suggéré Trent.

– Squire, vous n'irez nulle part avant que je panse votre bras ! intervint Mrs Coswell.

– Ce n'est qu'une égratignure, protesta William Buxton.

Mais avant qu'il eût ajouté un mot Mrs Coswell lui avait déjà retiré sa veste et Caryl se récriait avec des sanglots devant le sang qui imbibait la chemise.

La blessure n'était que superficielle et quand Mrs Coswell l'eut adroitement bandée, le Squire fut prêt à partir avec lord Ravenscar.

Entre-temps, le fermier avait emporté le corps de sir Harvey et Romara ne put s'empêcher de penser que, si horrible que fût toute mort, personne sans doute ne déplorerait celle de sir Harvey.

Caryl pourrait épouser le Squire et Alexandre, quand il grandirait, ne saurait jamais quelle créature déplaisante avait été son père.

Le cœur de Romara battait de joie. Lord

Ravenscar était enfin là, encore plus beau et plus imposant que dans son souvenir.

Elle n'arrivait pas à croire qu'il l'avait embrassée en arrivant.

Ce n'était pas vraiment un baiser, se disait-elle, il n'avait fait que poser ses lèvres sur les siennes quand elle lui avait sauté au cou tant elle était folle de bonheur de le voir.

Je l'aime, songea-t-elle, et à présent qu'il est ici tout paraît différent.

Comme s'il avait deviné qu'elle pensait à lui, lord Ravenscar, qui attendait avec une certaine impatience que le bras du Squire fût bandé, tourna la tête vers elle.

Elle se sentit légèrement intimidée par son regard scrutateur.

– Comment m'avez-vous retrouvée? demanda-t-elle.

– Bonne question ! Comment pouvais-je deviner que vous étiez si près et chez un de mes plus vieux amis !

– Je m'étais dit qu'il fallait nous cacher toutes les deux quelque part où personne ne nous découvrirait.

Lord Ravenscar serra les lèvres un instant avant de déclarer :

– Je savais que Wychbold ne renoncerait jamais à chercher Caryl. Aussi, plutôt que de lancer la police à vos trousses, je me suis contenté de donner la pièce à ses domestiques, comme je l'avais déjà fait, pour qu'ils me tiennent au courant des informations que glaneraient les hommes à sa solde.

– C'était très astucieux de votre part, commenta Romara, admirative.

– Ce matin, à la première heure, ils l'ont averti que Caryl avait été repérée dans cette ferme. J'ai reçu le renseignement quelques minutes à peine après que Wychbold l'eut payé !

– Alors vous l'avez suivi.

– Et quel mauvais conducteur ! Une main de bois sur les rênes, comme disait mon valet. Cela décrit très bien sa façon de conduire son attelage.

Romara se sentait une envie folle de lui demander s'il avait été impatient de la retrouver mais elle se domina et passa le bras autour de Caryl en disant :

– Nous ferions bien d'obéir à Sa Seigneurie et d'aller emballer nos affaires.

Caryl ne lui prêta aucune attention; elle regardait le Squire.

– Tu ne resteras pas longtemps? murmura-t-elle.

– Il faut que mon innocence soit reconnue. Ensuite je reviendrai, je te le promets.

En parlant, il avait porté la main de Caryl à ses lèvres et Romara l'entendit chuchoter :

– Prends soin de toi, mon amour.

Puis lord Ravenscar et le Squire s'éloignèrent dans le phaéton, suivis par le fermier dans le cabriolet de William Buxton.

– Jamais rien vu de pareil dans toute mon existence ! s'exclama Mrs Coswell.

A peine avait-elle ouvert la bouche qu'Alexandre se mit à geindre.

– Il a faim, ce petiot, voilà ce qu'il a, commenta sa nourrice.

– Et il aura plus faim encore si tu ne vas pas habiter avec lui Raven House, rétorqua Mrs Coswell.

– Habiter Raven House ! dit avec stupeur sa bru. Qui t'a donné cette idée-là?

– Il faut bien que quelqu'un use de sa cervelle. Comment crois-tu que ce bébé se débrouillera sans toi?

– Tu veux dire que je vais rester avec lui à Raven House?

– C'est cela même.

– Et emmener mon bébé à moi?

– La petite doit venir aussi, évidemment.

– Et Joe?

– Quoi, Joe? Je me suis occupée de mon fils pendant près de vingt-cinq ans avant que tu l'épouses, alors tu peux te fier à moi maintenant !

Sa bru sourit.

– Je ne dis pas que je n'aimerais pas voir Raven House, mais ça me parait bien prétentieux de ma part d'y aller.

– Et Alexandre, réfléchis donc, que fera-t-il sans toi? Allons, ma petite, va te préparer ! Il te faut des vêtements de rechange et prends ta plus belle robe, car tu vas côtoyer des serviteurs imposants.

– Jamais imaginé de toute mon existence que j'irais habiter Raven House, murmura la bru en montant hâtivement à la chambre qu'elle occupait avec son mari et sa fillette.

Au même étage, Caryl avait jeté ses bras autour du cou de Romara et l'étreignait en répétant sans arrêt :

– Je peux épouser William ! Je peux épouser William ! Oh, Romara, la vie est magnifique !

– Ce n'est guère l'expression qui convient dans la bouche d'une veuve de moins d'une demi-heure, repartit Romara, taquine, mais je suis bien contente, chérie. Sincèrement.

– Il est si bon, si compréhensif, et nous vivrons dans cette adorable maison et j'espère avoir des quantités d'enfants pour jouer avec Alexandre.

Cela ressemblait à un conte de fées avec une fin

heureuse, mais chaque souffle, chaque battement de son cœur étaient accompagnés pour Romara de cette question : « Et moi? Et moi? » qui résonnait dans ses oreilles au point de l'assourdir pendant qu'elle emballait leurs affaires. Caryl était trop transportée de joie pour faire autre chose que changer de robe et se contempler dans le miroir.

– Dieu merci, quand nous serons de retour à Raven House, je pourrai mettre les jolies toilettes que j'ai apportées de Londres, dit-elle.

Elle poussa une exclamation d'enthousiasme.

– Et en acheter d'autres ! Oh, Romara, tu te rends compte que je pourrai avoir de nouvelles robes pour mon trousseau... si nous en avons les moyens, évidemment.

– Nous avons de quoi acheter un trousseau, confirma sa sœur en souriant.

Caryl regarda le bracelet qu'elle avait au poignet.

– William a déclaré que les turquoises me porteraient bonheur. Il m'a raconté que c'est ce que croient les Orientaux et regarde comme j'ai déjà eu de la chance !

– Une chance folle. Et qui se serait attendu à ce que le Squire soit un ami de... lord Ravenscar?

Elle avait hésité parce qu'elle n'arrivait pas à dire « mon mari ».

– Somme toute, puisqu'ils habitent le même comté et pas loin l'un de l'autre, cela n'a rien d'extraordinaire, déclara Caryl. J'ai souvent eu envie de demander à William s'il était jamais allé à Raven House. Puis j'ai pensé qu'il ferait peut-être le lien entre nous et Sa Seigneurie et que tu en serais mécontente.

Romara s'assit sur ses talons devant la valise qu'elle bourrait.

– Je ne parviens toujours pas à croire que je n'ai pas tué cet homme. Je voulais le tuer parce qu'il enlevait Alexandre. J'étais sûre d'avoir réussi.

– C'est une bonne chose que tu l'aies raté ! Ma joie aurait été gâtée si j'avais été obligée d'aller te raconter mon mariage dans ta prison !

Elle plaisantait mais Romara n'avait vraiment pas le cœur à en rire. Elle était restée trop souvent éveillée la nuit, frissonnant à l'idée qu'elle risquait d'être « mise à la disposition de Sa Majesté » !

Caryl aperçut l'expression de Romara dans le miroir. Elle se retourna pour la prendre dans ses bras et déposer un baiser sur sa joue.

– N'y pensons plus, conseilla-t-elle. Tu as été si brave et merveilleuse à mon égard que je ne t'en serai jamais assez reconnaissante. Sans toi, Alexandre n'aurait pas eu de nom. Peut-être même ne serait-il pas né du tout. Harvey n'en voulait pas.

– Si je dois oublier, toi aussi, répliqua Romara. Je pensais justement ce matin que tu avais retrouvé la mine qui était la tienne avant l'entrée de sir Harvey dans ton existence. Oublie cette effrayante, cette horrible aventure et sois heureuse avec William qui t'aime réellement.

– Je ne cessais de me demander si ce que j'éprouvais pour Harvey était de l'amour, murmura Caryl, mais je comprends maintenant qu'il était si enjôleur, si supérieur qu'il m'a tourné la tête.

– Tu étais trop jeune pour te rendre compte de sa fausseté, commenta Romara pour la consoler.

– Cela ressemble à un cauchemar. Tu as raison, Romara, je ne penserai plus à lui, je ne m'occuperai que de William et de le rendre heureux.

– Je suis certaine que tu y réussiras, dit Romara en souriant. Tu sais, Caryl, papa aurait aimé William. C'est tout à fait le gendre qu'il aurait voulu avoir.

– Lord Ravenscar aussi.

Sa sœur ne répondant pas, Caryl se risqua à demander :

– Je ne veux pas te peiner, mais crois-tu qu'il a... oublié cette femme... qui l'avait dédaigné?

– Aucune idée.

– Je l'ai vue une fois.

– Tu l'as vue ! Pourquoi ne me l'avais-tu pas dit?

– Je craignais que cela ne te bouleverse, répondit franchement Caryl. J'étais allée aux Jardins de Vauxhall avec Harvey. Elle se trouvait dans le box voisin et il ne cessait de la regarder en répétant qu'elle était belle pour me faire bisquer.

Elle marqua un temps avant de reprendre :

– Elle ne m'a pas plu du tout ! Et je ne crois pas que ce soit quelqu'un de bien.

– Pourquoi cela?

– Elle flirtait avec deux ou trois hommes à la fois. Elle faisait exprès de les aguicher et ils étaient tous manifestement pincés, mais je voyais bien qu'elle se souciait d'eux comme d'une guigne.

Romara soupira. Si c'était là le genre de femme qu'appréciait lord Ravenscar, comment pourrait-elle soutenir la comparaison?

Elle était bien incapable de flirter avec un seul homme, alors avec trois !

Même s'ils parvenaient à un accord raisonnable pour vivre comme mari et femme, elle était convaincue qu'il la jugerait ennuyeuse et la laisserait à la campagne pour rejoindre ses amis à Londres.

– Il faut finir nos bagages, conclut-elle brusquement.

– Oui, tu as raison, décida Caryl, ramenée à l'unique sujet qui l'intéressait vraiment. Et dépêche-toi ! Je veux être le plus vite possible avec William !

7

La soirée était très avancée quand ils se mirent enfin en route pour Raven House.

Romara voyageait avec lord Ravenscar dans le phaéton, tandis que Caryl et Alexandre, porté par sa nourrice, se trouvaient avec le Squire.

Cependant le valet assis derrière eux empêchait Romara d'avoir une conversation personnelle avec lord Ravenscar. Il n'aurait peut-être pas compris ce qui se disait à voix basse, mais sa présence gênait la jeune fille.

Elle était joyeuse à l'idée de revenir à Raven House, mais, s'inquiétait en même temps de ce que pensait lord Ravenscar et en éprouvait de l'angoisse.

Elle entendait encore son ton coléreux quand il avait lancé en arrivant : « Quelle idée saugrenue de disparaître de cette façon ! »

Par contre, il l'avait embrassée.

Rien que de songer au contact de ses lèvres faisait sauter le cœur de Romara dans sa poitrine. Une tension étrange lui serrait la gorge et lui coupait le souffle.

Mais était-ce réellement un baiser?

Ou simplement un geste amical pour apaiser la

peur qu'il avait dû lire sur son visage et percevoir dans sa voix?

Elle mourait d'envie de demander ce qui s'était passé devant le commissaire mais, là encore, elle estima que mieux valait ne pas aborder un sujet aussi personnel en présence du valet.

Quand lord Ravenscar était revenu, elle l'avait entendu dire à Mrs Coswell qu'ils avaient pris des dispositions pour faire enlever le corps de sir Harvey et prévenir le pasteur de s'occuper de la cérémonie d'inhumation.

Lord Ravenscar voulait probablement éviter à Mrs Coswell les soucis et la présence impressionnante d'un cadavre à la ferme, mais elle avait répliqué :

– Si vous voulez mon avis, m'lord, un enterrement de chrétien est trop bon pour quelqu'un de son espèce.

– Je suis d'accord avec vous, mais il faut bien respecter les convenances, avait alors répondu lord Ravenscar.

Quel coup de chance, songeait Romara, que sir Harvey soit mort entièrement par sa faute. Tirer sur un homme désarmé était impardonnable selon n'importe quel code d'honneur.

Elle avait appris par Caryl que le Squire n'avait décidé de porter un pistolet sur lui que lorsqu'elle lui avait raconté la tentative d'enlèvement d'Alexandre par sir Harvey.

– Heureusement que tu lui en as parlé ! s'était exclamée Romara.

– Je brûlais de le faire depuis des semaines, mais tu avais tellement insisté pour que nous gardions le secret...

– Je suis ravie que tu m'aies désobéi cette fois-ci,

mais, ma chérie, j'essayais seulement de protéger Alexandre.

– Et moi, avait complété Caryl en déposant un baiser sur la joue de sa sœur. Tu as sauvé mon bonheur, Romara, et ma vie aussi, j'en suis sûre, quand tu m'as emmenée de chez sir Harvey.

– C'est lord Ravenscar que tu dois remercier pour cela.

– Je t'en laisse le soin, mais il saura combien je lui en suis reconnaissante. Comment ne le serais-je pas alors que maintenant je peux épouser William?

Caryl était si heureuse que sa joie s'était communiquée à sa sœur et, quand elles avaient entendu revenir les deux amis, elles étaient descendues en courant, la main dans la main, souriantes et les yeux brillants.

Elles avaient dit au revoir à Mrs Coswell et promis de lui amener Alexandre dès que possible.

Romara s'était souvenue de demander à emporter le gâteau d'anniversaire et elle avait compris à l'expression de Mrs Coswell que l'idée de voir un gâteau de sa confection aller à Raven House lui faisait grand plaisir.

Le gâteau avait donc été déposé avec précaution sur le plancher du cabriolet et, quand la petite cavalcade s'était éloignée, le fermier et sa femme lui avaient adressé des signes d'amitié jusqu'à ce qu'elle fût hors de vue.

– Elle a vraiment été très bonne pour nous, commenta Romara à mi-voix.

– Vous avez eu de la chance que Buxton vous remarque au bord de la route pendant que vous attendiez la diligence, répliqua lord Ravenscar.

– L'aubergiste vous a ramené le poney avec sa charrette, j'espère?

– C'est le seul indice que j'avais de la direction que vous pouviez avoir prise.

Son visage fermé effraya Romara. Il avait manifestement hâte d'être chez lui et, vu l'allure adoptée par les chevaux, garder le silence était plus facile.

Quand Raven House fut enfin en vue, Romara sentit son cœur bondir dans sa poitrine. La beauté de la demeure et son bonheur d'y revenir lui donnaient envie de crier de joie.

Elle aurait voulu dire tout haut : « Je t'aime et j'aime celui qui te possède et j'espère le rendre heureux ! »

Elle songea cependant qu'elle avait peu de chance d'y réussir. En somme, qu'avait-elle à offrir à un homme qui pouvait choisir ses amis parmi les membres de la meilleure société et dont la vie ne nécessitait aucunement la présence d'une femme légitime?

Comme lors de sa première arrivée avec Caryl, un vol de colombes passa devant la voiture et se posa sur la pelouse. Romara leva les yeux et vit le drapeau qui se découpait sur le ciel onduler au souffle de la brise.

Le majordome attendait sur le seuil, et Mr Arkwright dans le vestibule. Ce dernier dit avec ce qui parut à Romara de la sincérité :

– Bienvenue chez vous, m'lady.

Le temps manquait pour bavarder et ils montèrent aussitôt dans leurs chambres se changer pour le dîner.

– Je veux mettre ma toilette la plus belle et la plus somptueuse, déclara Caryl. William ne m'a jamais vue que dans ces modestes vêtements. Comment va-t-il réagir en me voyant apparaître dans ma robe de tulle rose... à moins que je ne porte la bleue ornée de perce-neige?

Problème ardu et Caryl changea d'avis une douzaine de fois avant de revêtir finalement la bleue parce qu'elle était assortie à son bracelet.

Romara n'avait guère eu le loisir de se concentrer sur ses propres atours, mais Mrs Fellows décida pour elle et, quand elle fut habillée, elle s'aperçut qu'elle portait une robe blanche garnie de camélias qui lui donnait l'air d'une jeune mariée.

Elle s'examina dans le miroir en se disant que lord Ravenscar supposerait peut-être qu'elle avait voulu lui transmettre un message et cette idée la fit rougir.

Il était trop tard pour changer de toilette et Romara descendit, consciente d'être en beauté mais aussi de la tension de chacun de ses nerfs.

Cependant il lui aurait été difficile de ne pas se détendre au cours du dîner, car les deux amis firent assaut d'anecdotes sur leur enfance.

Ils avaient le même âge et leurs mères étaient de grandes amies, si bien que lord Ravenscar connaissait William Buxton pratiquement depuis le berceau.

Ils s'étaient trouvés ensemble à Eton et plus tard à Oxford mais, tandis que lord Ravenscar était entré au Dixième Dragons Légers, William Buxton avait été incorporé dans les Grenadiers.

Ensuite, parce que William préférait la campagne alors que lord Ravenscar, après la mort de sa mère, séjournait presque toujours à Londres, ils ne s'étaient plus rencontrés que de façon irrégulière.

– L'idée m'est venue, William, que puisque tu as eu tant de succès avec tes troupeaux je devrais agrandir les miens, dit lord Ravenscar.

– Tu as en tout cas assez de terres pour le faire.

– Je t'en parlerai demain. Pas ce soir, c'est un sujet trop sérieux.

William Buxton parut surpris, mais il avait trop de tact pour poursuivre la conversation.

Quand les domestiques eurent quitté la pièce et qu'ils restèrent assis avec le seul éclairage des chandeliers sur la table, petite île de lumière dans l'obscurité, lord Ravenscar leva son verre.

– Je vais porter un toast d'abord à vous, Caryl, parce que je sais que vous allez être très heureuse avec mon ami William et je pense que vous êtes admirablement assortis tous les deux.

Caryl rougit et, se tournant vers William, glissa d'un petit geste aimant sa main dans la sienne.

Lord Ravenscar ajouta :

– Ensuite je veux boire à mon épouse qui est revenue chez nous.

Il regarda Romara qui crut distinguer dans ses yeux une expression indéchiffrable tandis que sa voix résonnait d'une note grave qui lui fit battre étrangement le cœur.

Elle voulut répondre mais ses lèvres lui résistèrent et elle ne put que balbutier :

– Merci.

Le dîner terminé, au lieu de rester seuls dans la salle à manger, les deux hommes suivirent Caryl et Romara au salon.

Le maître d'hôtel leur offrit du cognac et posa le carafon sur une desserte.

Parce qu'elle se sentait énervée et un peu effrayée par les réactions bizarres qui l'agitaient, Romara se leva pour aller à la fenêtre contempler la roseraie.

Un siècle semblait s'être écoulé depuis qu'elle s'était tenue là et, si l'on exceptait le fait que les roses étaient à présent en pleine floraison rien n'avait changé, sinon elle-même.

Le dernier rayon du couchant teintait d'or la fontaine bondissante et scintillait plus bas sur la surface unie du lac.

– Comme c'est beau ! murmura-t-elle.

Une voix près d'elle répliqua :

– Voilà pourquoi je ne comprenais pas que vous ayez pu l'abandonner... et moi avec.

Elle ne s'était pas rendu compte que lord Ravenscar était à côté d'elle.

Lui prenant le bras, il l'entraîna sur la terrasse et s'engagea dans la roseraie en direction des pelouses jusqu'à un petit temple grec d'où l'on pouvait contempler le lac et les daims paisiblement couchés entre les arbres du parc.

Romara était heureuse d'être en sa compagnie et restait silencieuse de crainte de rompre le charme qui les enveloppait.

Ils atteignirent le banc de marbre blanc sculpté par des artistes italiens.

Derrière eux, le temple grec, trophée rapporté par quelque lointain ancêtre, luisait comme une perle dans sa simplicité classique.

Romara s'assit sur le banc et, si grande que fût sa tentation de tourner la tête vers son compagnon, elle regarda droit devant elle, sentant ses joues s'empourprer parce qu'elle savait qu'il avait les yeux fixés sur elle.

– Quelle idée de disparaître sans en discuter avec moi d'abord ! s'exclama-t-il comme à son arrivée.

– Je ne voulais pas vous entraîner dans plus de désagréments que je ne l'avais déjà fait.

– C'est à moi que vous pensiez?

– Je me disais qu'il n'y aurait pas de procès si on

ne me trouvait pas et que vous pourriez jurer sur l'honneur n'avoir aucune idée de l'endroit où j'étais.

– Et s'il y en avait eu un, vous ne vous attendiez pas à ce que je sois à votre côté et vous aide?

– Je sais que vous l'auriez fait, expliqua-t-elle avec simplicité, mais ç'aurait été humiliant pour vous et cela risquait de nuire à votre réputation.

Sa voix était frémissante et lord Ravenscar dit au bout d'un instant :

– Alors vous avez préféré me soumettre au supplice d'ignorer ce que vous étiez devenue et quels ennuis vous aviez peut-être dû affronter.

– Le supplice? répéta Romara à voix très basse.

– Vous ne supposiez tout de même pas que je resterais indifférent.

– Vous aviez déjà fait preuve de tant de gentillesse. Je ne voulais pas abuser. D'ailleurs, il fallait protéger Caryl.

– Bien sûr. Vous avez eu vraiment de la chance que William soit passé par là.

– J'en remercie Dieu jour et nuit.

– Que lui demandez-vous pour vous-même?

Elle fut incapable de répondre et il vit le sang envahir son visage. Après un silence, il dit très doucement :

– Aviez-vous envie de me revoir?

– Je désirais de toute mon âme vous revoir et revenir à la maison, à Raven House. J'y pensais tout le temps, répliqua-t-elle sans réfléchir.

– A la maison?

La question était partie comme une flèche. Consciente que sa précédente réponse avait été par trop révélatrice, Romara chercha une formule neutre qu'elle ne découvrit pas.

– Il y a quelque chose que je tiens à préciser,

Romara, reprit lord Ravenscar, et je veux que vous me répondiez avec franchise.

– Vous savez bien que je le ferai.

– Vous avez toujours été très franche avec moi, alors, dites-moi, vouliez-vous revenir à cause de la maison ou parce que vous souhaitiez me voir?

Elle fut si surprise de cette question qu'elle tourna la tête vers lui, découvrant avec fascination l'expression que reflétaient ses yeux.

Ils restèrent assis à se regarder et lord Ravenscar reprit :

– Répondez-moi, Romara, c'est important.

– Je... je voulais vous voir, dit-elle d'une voix à peine audible comme si elle avait du mal à lui obéir.

– Vous y teniez à quel point?

– Énormément. Vous... vous me manquiez.

– Comme vous me manquiez.

Les yeux de Romara se dilatèrent et cependant, parce qu'il l'avait comme envoûtée, elle ne put s'empêcher de demander de même qu'il l'avait fait :

– A quel point?

– C'est une des choses que je veux vous dire. Une des raisons pour lesquelles j'ai tenté si désespérément de vous découvrir ces dernières semaines.

– Vous le désiriez vraiment?

Il sourit et elle songea que c'était parce qu'il jugeait la question presque ridicule.

– Vous souhaitez que je vous dise, répliqua-t-il à voix basse, combien la maison me paraissait déserte et silencieuse? Quelle horreur j'éprouvais d'y être seul sans vous?

– Sans moi?

Il soupira, son regard alla se perdre vers le lac et il dit :

– Mieux vaut peut-être commencer par le commencement. Il y a tant à expliquer entre nous que je crois important de partir de ce moment où, du fait de mon stupide, de mon irrépressible désir de vengeance, nous avons été unis par le mariage.

Romara se sentit trembler, mais elle était incapable de détourner les yeux.

– Je croyais aimer, continua lord Ravenscar, et parce que j'étais vaniteux et trop sûr de moi, pas un instant il ne m'est venu à l'idée que mon amour serait repoussé.

– Cela se conçoit.

– Être évincé m'a tellement surpris que je me suis conduit d'une façon grotesque. J'ai vraiment honte de moi, Romara.

– Voyons, ne vous excusez pas. C'était un choc et n'importe qui est susceptible de réagir bizarrement en pareille circonstance.

– Pas quand on est censé avoir de l'amour-propre et de la dignité.

Un silence suivit. Lord Ravenscar ne regardait pas Romara. Au bout d'un instant, il reprit :

– Je sais à présent que ce n'est pas de l'amour que j'éprouvais. C'était simplement le désir que fait naître une jolie femme mais parce que j'étais stupidement idéaliste je croyais qu'elle m'avait inspiré une dévotion dépassant tout ce que j'avais ressenti jusqu'alors.

Romara crispa ses doigts entrelacés. Elle souffrait le martyre à la pensée qu'il pût avoir encore ces sentiments-là pour une autre femme.

– Parce que je n'ai pas eu assez de maturité pour affronter avec dignité le premier échec que je subissais dans ma vie, vous savez ce qui est arrivé.

– Je vous en prie... je vous en prie, ne vous blâmez

pas, murmura Romara qui ne pouvait supporter de le voir se mépriser lui-même. Vous avez été profondément blessé, mais... je ne veux pas que cela vous rende amer... et cynique.

– Pourquoi vous soucier de ce que je ressens, étant donné la façon dont je vous ai traitée?

– Vous ne m'avez jamais traitée autrement qu'avec bonté et considération, répliqua Romara. Et vous êtes si intelligent, je vous admire tant, que l'idée de vous voir changer en quoi que ce soit m'est insupportable.

– Vous m'admirez? Je me demande bien pourquoi !

Romara sourit.

– Je pourrais vous donner des quantités de raisons, mais peut-être est-il plus simple de dire que tous ceux qui vous connaissent bien – comme ceux qui vous servent – pensent que vous représentez exactement ce que doit être un homme et un gentilhomme.

– Le pensez-vous aussi?

– Vous savez bien que oui.

Parce qu'elle souffrait qu'il se dénigre, elle ajouta :

– Je ne crois pas qu'il faille regretter d'avoir aimé, si profondément que l'on en soit meurtri.

– Même pas un amour trompeur?

– Il n'y avait rien de trompeur dans le vôtre et à cause de lui, peut-être deviendrez-vous plus sage et plus compréhensif.

– Il m'a certes rendu plus avisé et voilà pourquoi je sais maintenant, comme je vous le disais, que ce n'était pas vraiment de l'amour.

Après un silence il ajouta :

– Aucune comparaison possible avec ce que j'éprouve maintenant.

Romara soupira, il se tourna vers elle pour la regarder et poursuivit avec lenteur :

– J'ai mis longtemps à me rendre compte que c'est réellement de l'amour que je ressens pour vous.

– Qu'est-ce que vous dites? murmura-t-elle.

– Je dis que je vous aime, Romara. Je vous aime et c'est totalement différent de tout ce que j'ai ressenti jusqu'à présent.

On aurait dit qu'un millier de lumières s'étaient allumées autour d'eux, éblouissant la jeune fille de leur éclat.

D'un geste très doux, comme s'il craignait de l'effaroucher, lord Ravenscar la prit dans ses bras et l'attira contre lui.

Quand la tête de Romara se renversa contre son épaule, il la contempla un instant, puis il resserra son étreinte et ses lèvres se posèrent sur les siennes.

Sur le moment, elle crut rêver.

Puis, l'amour caché au fond de son cœur s'élança et l'envahit comme une lame de fond. C'était tout ce qu'elle avait souhaité, ce pour quoi elle avait prié et pleuré sans penser pouvoir jamais le connaître puisque lord Ravenscar était amoureux d'une autre.

Un instant de perfection où tous deux se trouvaient accordés à la beauté ambiante, à l'harmonie céleste, à ce qu'elle considérait de plus sacré.

Elle avait l'impression que, dans ce baiser, lord Ravenscar lui prenait le cœur et le faisait sien.

Quand il releva la tête, elle le contempla, les lèvres frémissantes et les yeux emplis de l'éclat splendide du soleil couchant.

– Je t'aime, dit-il d'une voix un peu tremblante, et maintenant, ma chérie, dis-moi ce que tu ressens pour moi.

– Oh, je t'aime... je t'aime, s'écria-t-elle. Je t'aime

depuis le premier instant où je t'ai vu, bien qu'à ce moment-là je n'aie pas su que c'était de l'amour.

– Mon trésor, je regrette de ne pouvoir en dire autant !

– Ce n'était vraiment pas possible de s'éprendre de quelqu'un qui avait une tête comme la mienne !

– Mais je suis tombé amoureux de toi quand je suis entré dans le salon et que je t'ai vue avec le bébé devant la fenêtre, seulement, comme toi, je ne m'en étais pas rendu compte. (Ses bras se resserrèrent autour d'elle.) A ce moment-là, je pensais que tu étais dans le cadre qui te convenait et par la suite j'ai constaté que tu étais merveilleusement à ta place dans mon foyer, que tu t'y étais intégrée.

– C'est bien ce que je ressentais, mais je n'ai jamais pensé... je n'ai jamais rêvé que tu serais du même avis.

– Tu ressemblais à ma mère sur tant de points. Quand tu as agité la main pour nous saluer, Arkwright et moi, le jour où tu as disparu, j'ai compris que tu faisais partie non seulement de la maison mais aussi de ma vie.

Ses lèvres étaient très proches des siennes quand il ajouta d'une voix grave :

– Tu m'appartiens, maintenant, et je ne te laisserai jamais plus partir. Je ne veux pas te perdre.

– Tout ce que je désire, c'est rester avec toi, bien à l'abri, et pouvoir t'aimer, murmura-t-elle.

– J'ai besoin de ton amour, j'en ai désespérément besoin. Je sais maintenant ce qui manquait depuis toujours dans ma vie.

– Je t'aime... je t'aime de tout mon être ! Chaque soir j'ai prié pour que tu m'aimes un petit peu ou, au moins, que tu aies de l'affection pour moi.

– Ce que j'éprouve pour toi n'a rien de petit. C'est

si grand, tellement irrésistible que les mots me manquent pour le décrire. Je ne peux que te prouver mon amour.

Il l'embrassa de nouveau et ses lèvres brûlaient d'un feu ardent et exigeant, si communicatif que Romara sentit de petites flammes s'allumer dans tout son corps.

Elle aurait voulu que ce baiser ne finisse jamais, que cette étreinte se resserre, mais il se leva, l'entraînant avec lui, et articula d'une voix étrangement vibrante :

– Si tu savais, depuis que tu m'as quitté, combien de fois j'ai regardé cette porte qui sépare ma chambre de la tienne en me maudissant de ne pas l'avoir ouverte quand tu étais là, de l'autre côté !

– Je me demandais si tu le ferais jamais.

– Tu ne te le demanderas plus, désormais, déclara-t-il avec énergie.

Il recommença à l'embrasser. Le jardin, le ciel, le lac se mirent à danser autour d'eux et elle avait perdu le souffle quand il releva enfin la tête.

– Il faut retourner à la maison. Nous entrerons par une porte latérale, sans nous attarder à revoir William et Caryl.

De nouveau, à sa manière inimitable, il prenait le commandement et le cœur de Romara en fondit de tendresse.

– Ce soir, personne ne nous dérangera, poursuivit-il. Quand j'y réfléchis, il me semble que chaque fois que j'avais à te parler, quelque chose intervenait si bien que je ne finissais jamais ce que je voulais te dire.

– J'ai gardé précieusement le souvenir de tous les instants que nous avons passés ensemble.

– Il y en aura désormais assez pour remplir un

millier de volumes, déclara lord Ravenscar avec un sourire.

Mue par une impulsion irrésistible, Romara se rapprocha de lui.

– Est-ce bien vrai, questionna-t-elle d'une voix frémissante, que tu m'aimes... pour de bon? Que tu veux réellement de moi?

– Je te le prouverai ce soir et le reste de notre vie.

Les bras de lord Ravenscar resserrèrent leur étreinte tandis qu'il ajoutait :

– J'ai découvert que je ne peux pas vivre sans toi et pendant très longtemps, mon trésor, nous allons séjourner ici, à la campagne, car je n'ai pas l'intention de te partager avec qui que ce soit.

– A la campagne? Ici... à la campagne? répéta Romara.

Sa voix avait un accent joyeux qui n'échappa pas à lord Ravenscar.

Il passa le bras autour de la taille de la jeune fille, lui fit faire demi-tour et ils se mirent en marche en direction de Raven House.

– Quand je suis revenu à Londres donner instruction à Hignet qu'il soudoie les domestiques de sir Harvey afin qu'ils nous préviennent dès que les policiers auraient retrouvé Caryl, j'ai eu une longue conversation avec George Spencer.

– Le ministre de l'Intérieur?

– Oui, un homme très compétent. Lui aussi, comme moi, est certain que la guerre va durer longtemps et, sur cette petite île, la nécessité commande que nous produisions assez de nourriture pour alimenter la totalité de la population.

– Voilà pourquoi tu as l'intention d'accroître ton troupeau !

– Avec l'aide de William et naturellement la tienne, mon intelligente petite épouse, je me propose de tirer de ce domaine suffisamment pour nous alimenter et alimenter au moins une partie de Londres.

– Je suis sûre que cela jouera un rôle prépondérant.

– Spencer le pense et le Premier ministre également, et ils m'ont demandé non seulement de m'occuper de mes propres terres mais aussi de conseiller et d'encourager les fermiers de tout le comté.

– Nul n'est plus qualifié.

– Parce qu'ils désirent me doter de l'autorité indispensable et parce que j'ai maintenant une épouse pour me seconder, le roi va me nommer lord-lieutenant du comté de Buckingham.

– Oh ! c'est merveilleux ! s'exclama-t-elle. Tu es exactement la personne qu'il faut pour représenter un roi.

– Je suis ravi, et le prince aussi, reprit lord Ravenscar. Il désire que tous ses amis aient de hautes fonctions pour qu'ils puissent l'aider.

Romara tourna la tête et leva les yeux vers lui.

– Tu vas être un personnage très important, ce qui est parfaitement approprié, mais je crains qu'il m'arrive parfois de ne pas répondre à ton attente.

Lord Ravenscar s'arrêta.

– Tu y répondras toujours, déclara-t-il d'un ton catégorique. Tu m'aideras, tu me galvaniseras, tu me conseilleras. Tu l'as déjà fait.

– Comment peux-tu dire une chose pareille alors que je n'ai jamais été qu'une source de complications pour toi !

Lord Ravenscar plongea son regard dans le sien et il effleura ses cheveux avec une telle tendresse que les larmes montèrent aux yeux de Romara.

– Tu es ravissante, mais il y a bien plus en toi que la beauté.

– M'apprendras-tu à... t'aimer comme tu veux l'être et... à te plaire?

Lord Ravenscar sourit.

– Tu me plais déjà, mon trésor, plus qu'il ne le faudrait pour ma tranquillité d'esprit ! Mais ce n'est pas de cela que je parle.

– De quoi donc? explique-moi je t'en prie !

Il lui donna l'impression de chercher ses mots avant d'expliquer :

– Tu as réveillé en moi tout l'idéalisme et toutes les ambitions que j'avais dans ma jeunesse. Quand je pense à toi, j'aspire à servir mon pays, je désire faire ce qui est juste et... bon.

Il avait hésité avant de prononcer le dernier mot, comme s'il sentait qu'il mettait son âme à nu.

– Y suis-je vraiment pour quelque chose? Tu es si intelligent, si supérieur. Je ne crois pas que tu aies jamais besoin de ce que je suis capable de te donner.

– J'ai besoin de ton amour, répliqua-t-il fermement. J'ai besoin de ta douceur, de tes encouragements, de ta présence.

– Comme c'est merveilleux ! Quel bonheur que tu le penses !

Une fois de plus, il l'étreignit.

– Tout ce que j'ai dit est vrai. A cause de toi, j'ai l'impression de m'engager pour une croisade.

– Je t'aiderai, je le veux, je ferai ce que tu demanderas, mais aime-moi... parce que je sais maintenant que sans toi, sans ton amour, je n'aurais plus envie de vivre.

– Ma petite folle chérie !

Lord Ravenscar prononça ces mots tout contre ses lèvres.

Et voici qu'il l'embrassait d'une façon possessive, exigeante, et que sa bouche lui communiquait sa flamme et une extase qui lui donnait l'impression d'être soulevée de terre.

Leurs cœurs battaient l'un contre l'autre, leurs âmes étaient unies et Romara sut qu'ils vivraient toujours dans l'exaltante communion d'une croisade.

Je l'adore. Je vous en prie, mon Dieu, aidez-nous, murmura-t-elle intérieurement.

Puis il n'y eut plus que l'éclatante, l'éblouissante lumière du véritable amour qui donne encore et toujours, sans égoïsme.

Grands Auteurs

Presque des classiques, des auteurs consacrés mais encore et tellement proches de nous.

Demandez à votre libraire le catalogue semestriel gratuit.

CARRIERE Jean-Claude

Humour 1900 (1066 ****)
Un feu d'artifice des plus brillants humoristes du début du siècle.

Lettres d'amour (1138 ****)
Les plus belles pages inspirées par l'amour.

CESBRON Gilbert

Chiens perdus sans collier (6 **)
Le drame de l'enfance abandonnée.

Vous verrez le ciel ouvert (65 ***)
L'injustice des hommes, le miracle et la foi.

Il est plus tard que tu ne penses (131 ***)
L'euthanasie par amour.

Ce siècle appelle au secours (365 *)
Un regard aigu sur notre civilisation.

C'est Mozart qu'on assassine (379 ***)
Le divorce de ses parents plonge Martin dans l'univers sordide des adultes. En sortira-t-il intact ?

L'homme seul (454 *)
Une tragédie inspiree par le personnage de Mussolini.

Je suis mal dans ta peau (634 ***)
Apres des études a Paris, deux jeunes Africains cherchent a reprendre racine dans leur terre natale.

Ce qu'on appelle vivre (851 ****)
L'itineraire d'une vie fervente et fraternelle.

La ville couronnée d'épines (979 **)
Amoureux de la banlieue, l'auteur recrée sa beaute passée.

Mourir etonné (1132 ***)
Au seuil de la mort, Cesbron s'interroge.

CLANCIER Georges-Emmanuel

Le pain noir :

1 - Le pain noir (651 ***)

2 - La fabrique du roi (652 ***)

3 - Les drapeaux de la ville (653 ****)

4 - La dernière saison (654 ***)
De 1875 a la Seconde Guerre mondiale, la chronique d'une famille pauvre qui tente de survivre, à l'heure des premiers grands conflits du travail.

CLAVEL Bernard

Le tonnerre de Dieu (290 *)
Une fille perdue redecouvre la nature et la chaleur humaine.

Le voyage du père (300 *)
Le chemin de croix d'un pere à la recherche de sa fille.

L'Espagnol (309 ***)
Brisé par la guerre, il renaît au contact de la terre.

Malataverne (324 *)
Ce ne sont pas des voyous, seulement des gosses incompris.

L'hercule sur la place (333 **)
L'aventure d'un adolescent parmi les gens du voyage.

Le tambour du bief (457 **)
Cette malade était incurable : Antoine, l'infirmier, avait-il le droit d'abreger ses souffrances ?

Le massacre des innocents (474 *)
La decouverte, à travers un homme admirable, des souffrances ou la guerre jette les enfants.

L'espion aux yeux verts (499 **)
Des nouvelles qui sont aussi les souvenirs les plus chers de Bernard Clavel.

La grande patience :

1 - La maison des autres (522 ****)
En 1937, à 16 ans, Julien entre en apprentissage chez un pâtissier de Dole.

2 - Celui qui voulait voir la mer (523 ****)
L'exode de 1940 sépare Julien de ses parents.

3 - Le cœur des vivants (524 ****)
Sous l'Occupation, Julien decouvre l'amour, la violence et la mort.

4 - Les fruits de l'hiver (525 ****)
A la Liberation, les difficiles retrouvailles de Julien et de ses parents.

Le seigneur du fleuve (590 ***)
Le combat, sur le Rhône, de la batellerie a chevaux contre la machine a vapeur.

Pirates du Rhône (658 *)
Le Rhône d'autrefois, avec ses passeurs, ses braconniers, ses pirates.

Le silence des armes (742 ***)
Jacques Fortier revient de la guerre dans son village du Jura. Mais peut-on se défaire de la guerre ?

Ecrit sur la neige (916 ***)
Un grand écrivain se livre à ses lecteurs.

Tiennot (1099 **)
Tiennot vit seul sur son île lorsqu'une femme vient tout bouleverser.

La bourrelle / L'Iroquoise (1164 **)
Au Québec, une femme a le choix entre la pendaison et le mariage.

Lettre à un képi blanc (D100 *)
La lutte contre la guerre est le combat essentiel.

COLETTE

Le blé en herbe (2 *)
Phil partagé entre l'expérience de Léa et l'innocence de Vinca.

DAUDET Alphonse

Lettres de mon moulin (844 *)
Le curé de Cucugnan, la chèvre de M. Seguin... Des amis de toujours.

FLAUBERT Gustave

Madame Bovary (103 **)
De cet adultère provincial Flaubert a fait un chef-d'œuvre.

FOURASTIE Fr. et J.

Les écrivains témoins du peuple (1090 ****)
De Chrétien de Troyes à Zola, la vie quotidienne des générations qui ont fait la France d'aujourd'hui.

PEREC Georges

Les choses (259 *)
Le bonheur est-il lié aux choses qui peuvent s'acheter ?

RENARD Jules

Poil de carotte (11 *)
Sous son ironie facilement amère, que de tendresse pour son père !

ROY Claude

Victor Hugo, témoin de son siècle (1171 ****)
Le XIXe siècle décrit par le grand visionnaire.

TROYAT Henri

La neige en deuil (10 *)
Une tragédie dans le cadre grandiose des Alpes.

La lumière des justes :

1 - Les compagnons du coquelicot (272 ***)
A Paris, en 1814, un jeune lieutenant du Tsar s'éprend d'une Parisienne dont tout le sépare.

2 - La barynia (274 ***)
Sophie se heurte aux préjugés de la Russie impériale.

3 - La gloire des vaincus (276***)
Nicolas tente avec ses amis de renverser le régime autocratique du Tsar.
4 - Les dames de Sibérie (278***)
Sophie rejoint son mari condamné à la déportation.
5 - Sophie ou la fin des combats (280***)
Elle retrouve les salons parisiens et les fastes du Second Empire.
Le geste d'Eve (323*)
Les histoires les plus invraisemblables ne sont pas forcément les moins vraies.

Les Eygletière :
1 - Les Eygletière (344***)
Une femme volage, des maitresses, des enfants qui lui sont indifférents, une grosse fortune, voilà la respectabilité de Philippe Eygletière.
2 - La faim des lionceaux (345***)
Les égoïsmes, les appétits, les vices des parents et des enfants se déchaînent.
3 - La malandre (346***)
Les sourds craquements d'une charpente sociale vieillie, pourrie, pleine de « malandres ».

La pierre, la feuille et les ciseaux (559**)
Un rêveur impénitent lutte avec maladresse contre la passion qui le dévore.

Anne Prédaille (619**)
L'amour étouffant d'Anne dévore aussi bien son père que le jeune Laurent.

Le Moscovite :
1 - Le Moscovite (762**)
Armand, l'émigré français, voit avec déchirement la Grande Armée envahir la Russie qui l'a recueilli.
2 - Les désordres secrets (763**)
Armand suit la belle actrice Pauline dans la retraite napoléonienne et se trouve précipité dans l'enfer de la Berezina.
3 - Les feux du matin (764**)
Exilé à Paris, pris entre deux amours, échappera-t-il à son destin tragique ?

Grimbosq (801***)
Un architecte français à la cour du tsar Pierre le Grand.
Le front dans les nuages (950**)
Deux femmes mûres découvrent la vie.
Le prisonnier nº 1 (1117**)
Nul ne saura qui il est, ainsi en a décidé Catherine II.
Un si long chemin (D103**)
D'une Russie rêvée à une France vécue, la vie d'un grand écrivain.

ZOLA Emile
L'assommoir (900***)
Gervaise, courageuse ouvrière, affronte le drame de l'alcool et de la misère.

Germinal (901***)
Le mineur Etienne Lantier appelle ses camarades à la révolte.

La terre (902***)
Le monde des paysans dans sa réalite terrible et grandiose.

Nana (954***)
Une courtisane sensuelle et subversive.

La bête humaine (955***)
Elle fonce et tue, telle la locomotive folle...

La fortune des Rougon (1008**)
« C'était une famille de bandits à l'affût, prêts à détrousser les événements. »

Thérèse Raquin (1018**)
La déchéance d'une femme soumise à ses sens.

Editions J'ai Lu, 31, rue de Tournon, 75006 Paris

diffusion
France et étranger : Flammarion, Paris
Suisse : Office du Livre, Fribourg
diffusion exclusive
Canada : Éditions Flammarion Ltée, Montréal

Achevé d'imprimer sur les presses de l'imprimerie Brodard et Taupin
7, Bd Romain-Rolland, Montrouge. Usine de La Flèche,
le 13 mai 1982
1064-5 Dépôt Légal mai 1982. ISBN : 2 - 277 - 21321 - 7
Imprimé en France